회색 인간

회색 인간

김동식 소설집 1

요다

차례

회색 인간

인간이란 존재가 밑바닥까지 추락했을 때, 그들에게 있어 문화란 하등 쓸모없는 것이었다.

어느 날, 한 대도시에서 만 명의 사람들이 하룻밤 새 증발하듯 사라져버렸다. 땅속 세상, 지저 세계 인간들의 소행이었다.

갑작스러운 납치로 혼란에 빠진 만 명의 사람들을 모아놓고 그들은 말했다.

[보다시피 우리들은 지저 세계의 인간들이다. 우리는, 마음만 먹으면 지상 인류를 한순간에 멸망시킬 수 있다. 하지만 우리는 기본적으로 평화를 사랑한다.]

그 말에 참지 못하고 누군가 외쳤다.

"그럼 왜 우리를 납치한 겁니까!"

[지저 세계가 꽉 차버렸다. 우리가 살아갈 땅을 너희 손으로 파줘야겠다.]

"뭐야! 왜 우리가 네놈들 땅을 파줘야 하는데?"

[우리가 지상으로 진출하지 않는 대가다.]

"그게 무슨!"

[기뻐하라. 너희들이 아니었다면 지상 인류는 모두 멸망했을 것이다. 너희들의 노동력으로 인해 지상 인류가 구원받게 된 것이다. 너희들은 지상 인류의 영웅들이다.]

"무슨 개소리야!"

당연히 사람들은 반발했지만, 간단히 묵살당했다. 지저 인간들이 잠깐 허공에 웅얼거리는 것만으로, 만 명의 사람들이 동시에 머리를 감싸 안고 주저앉아야 했기 때문이다. 사람들은 마치 강철 압축기로 머리를 찍어 누르는 듯한 고통에 신음했다.

[지금 너희들이 겪었듯이, 우리는 마음만 먹으면 지상의 인류를 간

회색 인간

단히 멸망시킬 수도 있다. 그러니 너희들은 인류를 위해 땅을 파라. 도시 하나만큼의 땅을 파내면, 너희들을 무사히 지상으로 돌려보내주겠다.]

만 명의 사람들은 그들을 위해 땅을 파야 했다.

처음, 사람들은 이것이 꿈이길 바랐다. 믿을 수 없는 현실을 도피했다. 혹시, 지상의 인간들이 우리를 구해주러 오지 않을까 하는 헛된 꿈을 꾸기도 했다.

시간이 흐르자 사람들은 헛된 기대를 버렸다. 그 대신, 반기를 꿈꿨다. 분노의 힘을 모아 지저 인간들을 죽여버리고 탈출하는 것을 꿈꿨다. 하지만 곧 자신들, 지상 인류의 무력함만을 맛보게 되었다. 반기를 꿈꾸고 달려든 사람들은 지저 인간의 손끝조차 건드려보지 못하고 머리가 수박처럼 터져나갔기 때문이다.

시간이 더 흐르자 사람들은 체념의 단계로 들어섰다. 강제 노동을 받아들였고, 인간 같지 않은 삶을 받아들였다.
그렇다. 말 그대로 정말, 인간 같지 않은 삶이었다.

지저 인간들이 사람들에게 준 것이라곤 땅을 팔 곡괭이뿐이었다.

숙소가 없어, 하루 종일 일하다가 아무 곳에서나 잠을 자야 했다. 화장실이 없어 아무 곳에서나 볼일을 봐야 했다. 몸을 씻을 물은커녕 마실 물조차 부족해 오줌을 받아 마셔야 했다.

생필품은 꿈 같은 소리였다. 시간이 흐를수록 옷이 해지고 낡아 대다수 사람들이 발가벗고 다녔다. 그래도 아무도 그것에 신경을 쓰지 않았다. 이곳에선 성욕조차 사치였다.

그 무엇보다 형편없었던 것은 먹을 것이었다.

지저 인간들이 제공한 음식은 진흙 맛이 나는 말라비틀어진 빵이었다. 사실 맛은 상관없었다. 그보다는 양이 문제였다. 음식량이 매번 턱없이 부족했다. 사람들은 단 한 번도 배가 불러본 적이 없었고, 단 한순간도 배가 고프지 않은 적이 없었다.

사람들은 항상 지쳐 있었고, 항상 배고파 있었다.

그런 사람들 사이엔 웃음이 없었다. 눈물도 없었다. 분노도 없었다. 사랑도 없었고, 여유도 없었고, 서로를 향한 동정도 없었으며, 대화를 나눌 기력도 없었다.

사람들은 모두 마치, 회색이 된 듯했다.

그것이 흩날리는 돌가루 때문인지, 암울한 현실 때문인지는 몰라도, 사람들은 무표정한 회색 얼굴로 하루하루를 억지로 살아가고 있었다.

정말 많은 사람들이 죽었다.

다쳐서 죽은 사람도 있었고, 병들어 죽은 사람도 있었고, 자살을 택한 사람도 있었다.

하지만 가장 많은 죽음은 배고픔 때문에 생겼다.

배가 고파 굶어 죽고, 진흙 빵 한 쪼가리를 두고 싸우다가 죽고, 어떤 자는 원 없이 배부르게 흙을 퍼 먹다가 죽기도 했다.

또 한번은 한 사내가, 다른 사내를 곡괭이로 찍어 죽이기도 했다. 사내는 건조하게 말했다.

"이놈이 내 곡괭이 자루를 훔쳐 먹었소."

그 말에 모든 사람들은 수긍하며 관심을 끊었다.

배가 너무나 고팠던 사람들은, 이곳에서 유일하게 나무로 되어 있는 곡괭이의 자루 부분을 씹어 먹었다.

그것조차 쉽게 먹지 않았다. 아까워서, 정말로 아까워서, 정말 배가 고파 참을 수 없을 지경에 이르렀을 때에만 아껴서 조금씩 씹어 먹었던 것이다.

그래서 사람들의 곡괭이 자루는 모두 길이가 달랐다. 한 손아귀만큼 남은 사람도 있었고, 두 손아귀만큼 남은 사람도 있었다.

그런 소중한 곡괭이 자루를, 잠을 잘 때도 가슴에 품고 자는 곡괭이 자루를 훔쳐 먹었다니, 죽어도 쌌던 것이다.

그렇게 사람들이 죽고 죽어, 몇 년이 흘렀는지도 모르게 되었을 때, 만 명이던 사람 수는 절반 아래로 줄어 있었다. 그즈음 사람들 사이엔 암묵적인 룰이 정해졌다.

땅을 많이 판 사람이 우선적으로 빵을 먹는다.

그것은 바로 희망 때문이었다. 빌어먹을 놈의 희망.
지독한 희망이었다. 도시 하나만큼의 땅을 파면 집으로 돌아갈 수 있다는 그 희망.

그만큼의 땅을 파낼 수 있을까? 상관없었다.
지저 인간들이 약속을 지킬까? 상관없었다.

아무것도 없는 땅속에서 그들이 버틸 수 있는 건 그 악마 같은 희망 하나 때문이었다.
그래서 그들은 땅을 팠다. 사람이 죽어나가도 땅을 팠다. 몸이 후들거려도 죽기 직전까지 땅을 팠다.
나중에 와서는 그 희망이란 것도 너무나 희미하여 망각하게 되었다. 그래도 사람들은 땅을 팠다. 이곳에서 할 수 있는 게 그것뿐이라는 듯이.

인간이란 존재가 밑바닥까지 추락했을 때, 어떻게 될까? 인간에게는 아무것도 남지 않게 된다. 그저 배고픔을 느끼는 몸뚱이 하나만 남을 뿐.

이곳의 인간들에게 삶은 아무것도 아니었다. 일어나면 땅을 파고, 하루 종일 배고파하고, 지치면 잠을 자고, 다시 일어나면 땅을 팠다.

회색 인간들의 입은 말을 할 줄 모르는 것 같았고, 귀는 듣지 못하는 듯했고, 눈은 그저 죽어 있는 것만 같았다.

인간들을 살아 있는 송장이라고 표현하기에도 아쉬웠다. 이곳을 무의미의 지옥이라고 부르기에도 아쉬웠다.

그런 이곳에서, 어느 날 한 여인이 따귀를 맞았다.

짝!

한 사내가 한 여인의 뺨을 때린 것이다. 힐끔 쳐다보는 사람들의 시선에 사내가 말했다.

"이 여자가 노래를 불렀소."

노래를 불렀다? 노래를 부르다니? 이곳에서 노래를 불렀다고?

사람들은 어이가 없었다. 미친 여자가 분명했다. 사내도 그래서 뺨을 때렸으리라.

더 어이가 없었던 것은, 뺨을 맞고 쓰러진 여자가 얼마 뒤 일어나 다시 노래를 불렀다는 것이다.

이번엔 어디선가 돌이 날아왔다.

꺅!

짧은 비명과 함께 여인은 머리에 피를 흘리며 쓰러졌다.
그러나 누구도 동정하지 않았고, 누구도 관심을 갖지 않았다.
사람들은 그저 회색 얼굴로 땅을 팠을 뿐이다.

그날 또 한쪽에선 한 남자가 사람들에게 둘러싸여 몰매를 맞
았다. 그럴 만한 충분한 이유가 있었다.

"이 새끼가 벽에다 돌멩이로 그림을 그리고 있었어!"

그는 지상에서 화가였다. 하지만 이곳에서 화가는 필요가 없
었다.
땅을 파기에도 모자랄 그 힘으로, 그런 쓸데없는 짓거리를 하
다니? 사람들이 분노하는 것도 당연했다.
분노한 사람들에게 몰매를 맞은 그는, 쓰러져 몸을 가누지 못
했다. 그것은 곧 죽음을 의미했다.
이곳에서는 누구도 서로를 돌봐주지 않았다. 부상을 당한 자
에게 빵을 나누지 않았다. 쓰러지면 그걸로 끝이었다.

지상에서 노래를 부르던 사람이든, 그림을 그리던 사람이든, 소설을 쓰던 사람이든, 이곳에서 예술은 필요가 없었다.

인간이란 존재가 밑바닥까지 추락했을 때, 인간들에게 있어 예술은 하등 쓸모없는 것이었다.

지칠 대로 지친 이곳의 회색 인간들에겐 땅을 팔 수 있는 회색 몸뚱이만이 가진 전부였고, 남들도 다 그래야만 했다.
한데, 그 여인은 미친 것이 틀림없었다.
몸을 가누지 못해 바닥에 주저앉아 굶어 죽어가던 그 여인이, 또다시 노래를 부르는 것이었다.

당연히 이번에도 어디선가 돌이 날아왔다.

꽥!

외마디 비명과 함께 여인은 또다시 쓰러졌다. 하지만 얼마 뒤.

여인은 또다시 노래를 불렀다. 또다시 돌멩이가 날아들었고, 여인은 노래를 멈추었다.
하지만 여인은 또다시 노래를 불렀다.

항상 지쳐 있는 사람들은 여인의 뺨을 때릴 힘도, 돌을 던질 힘도 아까웠다. 사람들은 그냥 미친 여인에게서 관심을 끊었다.

여인은 상처와 배고픔으로 죽어가면서도 한 번씩 노래를 불렀다.

여인은, 이제 죽었나 싶으면 노래를 불렀다. 어쩔 땐 한 시간씩도 노래를 불렀다.

여인의 생명력은 끈질겨서, 하루 이틀 사흘… 계속해서 노래를 불렀다. 그렇게 노래를 부르다 죽겠다는 듯이, 계속해서 노래를 불렀다.

그러자, 얼마 지나 정말로 신기한 일이 벌어졌다.

누군가 여인에게 빵을 가져다준 것이다.

처음이었다. 땅을 파지 않는 이에게 먹을 걸 나누는 행위는 이곳에서 정말로 처음이었다.

더 신기한 것은 사람들의 반응이었다. 사람들은 조금은 놀란 눈으로 그 모습을 봤지만, 아무도 이의를 제기하지 않았던 것이다.

여인은 허겁지겁 빵을 먹었다. 가져다준 누군가는 여인에게 아무런 말도 하지 않고 돌아섰다. 빵을 먹고 잠깐을 쉰 여인은, 알아서 노래를 시작했다.

쉬다가도 노래를 불렀고, 그러다 또 지쳐 쉬다가 다시 한 시간씩 노래를 불렀다.

　다음 날도 누군가가 여인에게 빵을 가져다주었다. 여인은 또 노래를 불렀다. 다음 날도, 그다음 날도. 여인은 노래를 불렀고, 빵을 먹었다.

　신기한 일은 또 있었다. 한 노인이, 쓰러진 화가에게 자기 몫의 빵을 가져다준 것이다.

　사람들은 놀랐다. 자기 몫의 음식을 남에게 주는 행위는 이곳에선 도저히 상상조차 할 수 없는 일이었다.

　또 사람들은 화가 났다. 쓰러진 사람에게 먹을 걸 가져다주는 건 암묵적으로 금기였다.

　사람들은 당장이라도 화를 표출할 준비를 하며, 이해할 수 없다는 눈초리로 노인을 쳐다보았다.

　"자네, 지상에서 화가였나?"

　"예, 어르신…"

　"그럼 자네는, 이곳의 모습을 그릴 수 있나?"

　"예, 그릴 수 있습니다."

　"정말로 그릴 수 있나? 우리가 이곳에서 어떻게 살아왔는지 그릴 수 있단 말인가? 우리가 이곳에서 어떤 대우를 받아왔는지, 어떻게 죽어나갔는지 그릴 수 있단 말인가? 굶어 죽은 이들을 그릴 수 있단 말이야? 반항하다 머리가 터져나간 그들을 그릴 수 있단 말이야? 이, 손톱이 뜯겨나간 이 손을 그릴 수 있는

가? 한쪽 발목을 잃은 저자를 그릴 수 있는가? 배고파 앙상하게 뼈만 남은 저들의 몸을 그릴 수 있단 말인가?"

"예! 저는 그릴 수 있습니다! 저는, 눈 감고도 이 지옥 같은 곳에서 있었던 일들을 그려낼 수 있습니다!"

"그럼 그리게. 자네는, 그림을 그리게."

앙상하게 뼈만 남은 사람들은, 노인의 행동을 말리지 않았다. 화가가 벽에 곡괭이질이 아닌, 그림을 그리는 것을 말리지 않았다.

그러자 한쪽에서, 말라비틀어져 죽음만을 기다리던 한 청년이 날만 남은 곡괭이로 땅을 딛고 힘겹게 일어나 중얼거렸다.

"저는 소설가입니다… 저는 이곳에서 있었던 모든 일을 써낼 수 있습니다… 저는 소설가입니다… 저는 이곳에서 있었던 모든 일을 써낼 수 있습니다… 저는 소설가입니다…"

하지만 사람들은 그를 무시했다. 죽어가는 이의 요행으로 바라보았다. 그 무관심들 속에서, 한 중년 여인이 그에게 다가가 물었다.

"네가 소설가라고? 글을 써낼 수 있다고? 내가 지금, 얼마나 배가 고픈지 네가 써낼 수 있다고?"

여인의 물음은 분노에 가까웠다. 청년은 곧 죽을 것 같은 눈으로 여인의 얼굴을 확인하곤 중얼거렸다.

"그녀는 정말로 배가 고팠다. 정말 정말로 배가 고팠다. 그녀가 얼마나 배가 고팠냐면, 그녀의 사랑하는 아들이 죽었을 때, 그녀는 아들의 죽음을 숨기고 싶었다. 지저 인간들이 아들의 시체를 회수해 가기 전, 아들의 손가락 하나라도 뜯어 먹고 싶었다. 아들의 귓불 한 입이라도 베어 먹고 싶었다. 그녀는 그 정도로 배가 고팠다. 정말, 정말로 그녀는 배가 고팠다…"

"…"

분명 착각이겠지만, 중년 여인의 얼굴에 미소 같은 게 걸렸다.

"넌 살아남아. 우리 모두가 죽더라도 너는 꼭 살아남아. 꼭 살아남아서 우리의 이야기를 세상에 남겨줘. 모두가 죽더라도, 너는 꼭 살아남아."

여인은 품에서 자기 몫의 진흙빵을 꺼내 한쪽을 떼어 청년에게 건넸다.

또다시 믿을 수 없는 일이 일어났다. 이곳에서 먹을 걸 남과 나눈다는 것은 정말이지, 있을 수 없는 일이었다.

청년은 허겁지겁 한입에 빵을 삼켜 먹었다.

중년 여인이 떠나고, 또다시 다른 여인 하나가 청년을 찾아와 다짜고짜 말을 쏟아냈다.

"내 이름은 글로리아입니다. 내 남편은 지저 인간들에게 반항하다 머리가 터져 죽었습니다. 내 딸은 자살했습니다. 내 아들은 굶어 죽었습니다. 남편의 이름은 콜슨입니다. 지상에서는 훌륭한 소방관이었습니다. 항상 사람들을 돕고자 했습니다. 제 딸의 이름은 마리아입니다. 마음이 약한 아이였습니다. 딸은 죽기 전 피자가 먹고 싶다며 제 손을 잡았습니다."

담담히 말을 잇는 여인의 눈에서 어느새 눈물이 흐르기 시작했다.

"내 아들의 이름은 톰입니다. 톰의 꿈은 축구 선수가 되는 것이었습니다. 배가 너무 고파 흙을 먹었다고 고백하는 톰에게 나는 빵 한 조각도 줄 수 없었습니다. 톰이 좋아하던…"

여인은 아무렇게나 말을 마치고, 품속에서 소중하게 품고 있던 오래된 진흙빵 한 덩이를 청년의 손에 꼭 쥐여주었다. 그러고는 아무런 부탁도 없이 돌아섰다.

청년은 손에 쥔 진흙빵을 쳐다보며, 쉽사리 먹질 못했다. 정말 배가 고팠지만, 먹질 못했다. 그 대신, 잊을세라 끊임없이 말을 되뇌었다.

"내 이름은 글로리아입니다. 내 남편은 지저 인간들에게 반항하다 머리가 터져 죽었습니다. 내 딸은 자살했습니다…"

그날 이후, 사람들은 조금씩 변해갔다.

이젠 누군가 노래를 불러도 돌을 던지지 않았다. 흥얼거리는 이들마저 있었다.

벽에 그림을 그려도 화를 내지 않았다. 몇몇 사람들은 이곳에서 있었던 모든 일들을 눈 감고도 그려낼 수 있도록 벽에다 연습하고 또 연습했다.

몇몇 사람들은 끊임없이 머릿속으로 이곳의 이야기를 써내었다. 또 하루 종일 사람들을 외웠다. 자기 전에도 외우고 꿈속에서도 외웠다. 또한 그들은 사명감을 가졌다. 꼭 살아남아서, 우리들 중 누군가는 꼭 살아남아서 이곳의 이야기를 세상에 전해야 한다는 사명감을 가졌다.

여전히 사람들은 죽어나갔고, 여전히 사람들은 배가 고팠다. 하지만 사람들은 더 이상 회색이 아니었다.

아무리 돌가루가 날리고 묻어도, 사람들은 회색이 아니었다.

무인도의 부자 노인

바다 한가운데에서 배가 침몰했다. 운이 좋아 살아남은 사람들은 한 무인도의 해변에서 깨어났다.

이미 죽어 시신이 된 사람들을 제외하면, 살아 있는 사람들은 10여 명.

어떤 사람은 멍하니 주저앉았고, 어떤 사람은 엉엉 소리 내 울었고, 어떤 여인은 남편의 시신을 껴안고 울었고, 어떤 사내는 숲 쪽을 확인하러 들어갔고, 어떤 사내는 해변에 떠내려온 물건들을 정리했고, 어떤 사내는 해변을 따라 섬을 한 바퀴 돌았다.

시간이 흘러 해가 지고 난 뒤, 사람들은 모두 모여서 대책을 논의했다. 결론은 구조대가 올 때까지 버티자는 것이었다.

가장 큰 문제는 식량이었다. 다행히 한 사내의 직업이 식품연

구원이었고, 그의 캐리어 안에는 햄 통조림이 종류별로 가득 차 있었다. 사람들은 그것으로 허기를 채우고, 모두 함께 해변에 모여서 잠을 잤다.

다음 날, 그들은 나무를 이용해 해변에다 거대한 SOS를 그렸다. 마른나무들을 모아 불을 지피고, 떠내려온 시신들을 수습해 한곳에 모아두었다.

어서 구조대가 오기만을 바라며, 햄 통조림을 먹으며 하루를 보냈다.

다음 날, 그다음 날, 그다음 날. 일주일이 넘도록 구조대는 오지를 않았다. 그 와중에 부상이 심했던 한 사람이 사경을 헤매다 사망하기도 했다. 사람들은 그의 죽음을 보며 공포를 느꼈다. 최악의 상황을 가정하기 시작했다. 구조대가 오기 전에 모두 죽거나, 구조대가 오지 않거나.

현실적으로도 가장 중요한 식량 문제가 마음에 걸렸다. 섬의 숲에 먹을 만한 열매라고는 야자열매 몇 개가 전부였고, 그들이 가진 햄 통조림도 거의 떨어져갔다.

햄 통조림의 주인이 냉정하게 말했다.

"우리가 살기 위해선 합리적으로 생각해야 합니다. 이 몇 안 남은 통조림을 최대한 아껴야 합니다. 그래서 하는 말인데… 죄송한 말이지만, 오늘내일하시는 노인분께는 더 이상 햄 통조림을 지급하지 않는 것이 우리 모두를 위한 합리적인 일이 아닐까 생각합니다."

노인은 당황했다. 다른 사람들도 표정이 불편해졌다. 하지만 합리적이라는 단어가 그들의 입을 다물게 만들었다.

그는 내친김에 말을 더 이었다.

"전쟁 상황에서 부상병들이 막사로 실려 오면, 너무 크게 다친 병사들은 아예 치료를 하지 않습니다. 그들을 치료한다고 해서 살릴 수 있을지도 모르고, 그 의약품을 다른 병사들을 살리는 데 쓰면 더 많은 병사를 구할 수 있기 때문입니다."

"…"

"지금의 상황이 딱 전쟁 상황과 같습니다. 우리는 위기에 처해 있습니다. 앞으로 이 섬에서 얼마나 더 지내야 하는지도 모릅니다. 어쩌면, 겨울을 나야 할지도 모르죠. 다리까지 다치셔서 오늘내일하시는 노인분은 앞으로 저희 생활에 짐이 되면 되었지 도움이 될 순 없다고 생각합니다. 저를 쓰레기라 욕해도 좋습니다. 저의 계산으로는… 노인분을 끝까지 안고 가는 것이 합리적으로 우리에게 도움이 되지 않는다고 생각합니다."

"…"

노인은 침묵했다. 사람들도 침묵했다. 인도적으로는 마음이 불편했지만, 합리적이라는 단어가 마치 어쩔 수 없다는 말처럼 들렸다. 게다가 그들은 모두 죽음의 공포에 질려 있었다.

그때, 노인이 입을 열었다.

"나는 사실, 사회에선 그런 통조림 같은 건 먹지도 않네. 아니, 있는 줄도 몰랐지. 자네들 ○○ 소주를 아는가?"

"…"

"내가 그 소주 회사의 회장이네."

"헛!"

"그깟 소주 회사 회장이라고 우습게 생각할지 모르겠지만… 내가 가진 재산이 수백 억이 넘네. 만약 사회였다면 통조림 하나에 이런 취급을 받을 일이 절대 없는 사람이지."

사람들은 노인을 달리 보았다. 노인이 그렇게 대단한 사람인 줄은 전혀 몰랐다. 반면에, 그런 대단한 노인도 결국 무인도에 떨어지면 한낱 힘없는 노인에 불과하다는 사실이 그들의 머릿속을 스쳤다.

노인은 형형한 눈빛으로 사내를 향해 말했다.

"그 통조림 하나를 천만 원에 사지."

"!"

사람들은 깜짝 놀랐다. 통조림 하나에 천만 원이라니!

사내가 아무 말도 못 하고 노인을 보고만 있자, 노인이 다시 말을 했다.

"천만 원이라는 단위가 현실감이 떨어지는가? 그렇군. 그렇겠지. 그럼 500만 원으로 깎도록 하지. 믿을 수 있겠나?"
"아, 아니…"
"더 깎아야 믿을까? 300? 100?"

　사내는 정신을 차리고, 목소리를 높여 말했다.

"아, 아니, 무슨 말을 하시는 겁니까? 어르신이 사회에서 어떤 분이셨는지 몰라도, 이곳에서 어르신은 아무것도 가지고 있지 않습니다!"

　노인은 담담히 대꾸했다.

"만약 우리가 구조되어 사회로 돌아가게 되면, 그때 돈을 치러주겠다는 걸세. 여기 있는 모두를 증인 삼아 말이야."
"그건 구조가 됐을 때 이야기고 지금 당장은…"
"어차피 우리는 구조될 것 아닌가? 아니면, 우린 뭘 기다리고 있는 거지?"
"…"

노인의 한마디에 사내의 입이 다물어졌다. 맞다. 자신들은 구조를 기다리고 있는 게 아니었던가? 그렇지 않다면야 이렇게 아등바등 캔 하나에 목숨 걸지도 않았을 것이다.

노인은 담담하게 말했다.

"나중에 구조가 됐을 때, 모든 금액을 치러주겠네. 내 약속하지. 그러니, 나에게도 통조림을 나누어주게. 아니, 나에게 통조림을 팔게."

사내는 침을 꿀꺽 삼켰다. 어느새 노인에게 압도당한 듯했다. 결국, 사내가 제안했던 합리적인 희생 방식은 흐지부지되었다. 그날 저녁에도 노인을 포함한 모두가 통조림으로 식사를 했다.

다음 날, 사람들은 장기전을 이야기하기 시작했다. 구조대가 언제 올지 알 수 없으니, 오래 버틸 수 있는 계획의 필요성을 깨달은 것이다.

가장 먼저 집을 지어야 한다는 의견이 나왔다. 그동안은 언제든 구조대가 오면 떠날 셈으로 순번을 정해 해변에서 밤을 새우거나 쪽잠을 잤지만, 너무나 춥고 힘들었다. 집을 지으려니 당장 노동력, 힘쓰는 능력이 필요했다. 대부분 젊은 남자들이 나서야 했다. 그들이 집을 지으며 땀을 흘릴 때, 노인이 말했다.

"자네들이 건강하다는 이유만으로 노동을 제공해야 할 의무는 없네. 자네들이 당연히 해야 하는 일이 아닌 것이지. 자네들의 노동은 정당한 대가를 받아야 해. 집을 짓는 동안 하루 일당으로 50만 원씩 쳐주겠네. 그 비용은 사회에서 내가 지급하지.”

  노인의 말이 괜한 공수표 남발일지라도, 집을 짓는 남자들은 기분이 달라지는 것을 느꼈다. 하루 50만 원 일당은 사회에서도 못 벌어본 돈이 아니었던가. 노인의 말이 거짓말이든 아니든 어차피 집은 지어야 했고, 그렇다면 차라리 진짜라고 생각하는 게 더 좋았다.
  힘들던 노동도 50만 원의 일당을 받고 하는 일이라 생각하니까 조금은 편해졌다. 웃음도 나왔다.

“흐읏차! 편의점 알바 뛰다가, 하루 일당 50만 원씩 받으니까 기분은 좋네! 으랏!”
“그러게. 내 월급이 200이 안 됐었는데 말이다. 무인도 와서 이게 웬 횡재냐?”

  사람들은 점점 체계적으로 장기전 태세에 들어갔다. 엉성하지만, 비바람을 막을 수 있는 집을 두 채나 지었고, 증류수를 꾸준히 모을 수 있는 장치와 비닐을 꾸려 빗물을 모아두는 장치 등을 만들었다. 식량 문제도 조금씩이지만 해결되었다. 장기전을 계획하고부터는 본격적으로 바다 사냥을 나갔고, 물고기들, 하다못해 조개들과 작은 게들이라도 잡아 식량으로 삼았다.

무인도의 부자 노인

사람들은 점점 무인도 생활에 적응해나갔다. 그들의 무인도 생활 속에서, 노인이 유행시킨 것이 한 가지 있었다.

바로 사회에 두고 온 재산이었다. 그 작은 무인도 사회에서도 그들은 돈을 통용시켰다. 사회에서 자신들이 가지고 있던 재산을 노트에 적어놓고 소중히 보관했다. 그들은 그 재산을 이 무인도에서 사용했다.

누구도 재산을 허투루 쓰지 않았다. 실제 돈을 쓰듯이 신중하게 사용했다. 그들에게 그 재산은, 마치 사회와 무인도를 연결해주는 현실의 끈처럼 느껴졌다. 그 돈을 장난처럼 치부해버리는 순간, 구조에 대한 그들의 희망도 사라져버릴 것처럼 느껴졌기에 더더욱 진실로 대했다.

첫날 남편을 잃고, 넋이 나간 듯 지내던 여인이 어느 날, 무심코 풀잎을 엮어 모자를 만들었다. 그 모습을 보던 다른 한 여인이 말했다.

"그 모자 정말 예쁘네요. 제게 파시겠어요? 3만 원 드릴게요."

여인은 얼떨결에 모자를 3만 원에 팔았고, 다시 풀잎을 모아 모자를 엮었다. 그날 이후 그녀는 무인도에 있는 내내 모자와 장신구를 만들었다. 사람들은 마음에 드는 것들을 골라 그녀에게 돈을 내고 샀다. 그녀는 좀 더 예쁘게, 좀 더 멋지게 만들기 위해

디자인을 고민했고, 재료를 다양화했다. 그녀는 무인도에서 무척 바쁜 사람이 되었다.

사회에서 백수로 지내던 한 청년은, 물고기 사냥의 신이었다. 누구도 따라올 수 없을 만큼 사냥을 잘했다. 청년은 사냥한 식자재들을 공짜로 나누지 않았다.

"자네가 잘 잡는다고, 우리에게 사냥을 해주는 게 당연한 게 아니야. 자네는 힘들게 사냥한 것에 대한 정당한 대가를 받아야만 해."

청년은 매 순간 최선을 다해서 사냥했고, 무인도에서 돈을 가장 많이 벌었다.
또 어떤 이들은 만 원씩 걸고 내기 바둑을 두기도 했다.

"자네들, 또 내기 바둑 두나?"
"아, 무인도에서 할 게 뭐 있습니까?"
"흠… 자넨 저기에 두는 게 어떤가?"
"어르신, 훈수는 안 됩니다! 이게 판당 만 원짜리인데! 어르신이 대신 내주실 겁니까?"
"내가 왜 내나? 자네가 다 둔 걸 가지고."
"이런."

사람들은 무엇이든지 돈으로 거래했다. 무언가 쓸 만한 도구를 만들어 파는 이도 있었고, 물고기 손질과 요리, 빨래, 미용, 집의 확장이나 보수 작업, 심지어 소설을 써서 들려주고 돈을 받는 이도 있었다. 사람들은 모두 돈을 벌기 위해 무언가를 했다.

그것이 그들의 무인도 생활을 버티게 했다. 그리고 결국, 그날이 왔다.

거대한 SOS 마크를 매일매일 정비한 보람이 있었는지, 지나가던 헬기가 그들을 발견했다.

"배다! 배가 다가온다! 배야! 배가 오고 있다고요!"

그들은 기어이 구조됐다. 몇 개월을 무인도에서 견뎌내어 기어코 구조됐다. 그들은 얼싸안고 기쁨의 눈물을 흘렸다. 구조된 배 위에서 고향으로 향하며, 서로 얼굴을 마주치기만 해도 눈물을 흘렸다.

그들의 소식이 전해지고 가족들이 마중하러 온 항구로 향할 때, 노인의 표정이 어두워졌다. 모두가 들뜨고, 기쁘고, 환한 얼굴이었지만 노인의 얼굴만은 어두웠다. 눈을 질끈 감은 노인은 고백했다.

"용서하게들. 사실 난 기업의 회장이 아니야. 그런 재산 따위는 가지고 있지 않네. 그날 그 자리에서 살고 싶어서 거짓말을 한 거야… 미안하네."

사람들은 노인을 돌아보았다. 그들 모두 노인에게서 수천만 원씩 받을 돈이 있었다.

이윽고 그들은, 노인을 향해 고개를 끄덕거렸다. 그게 다였다. 그냥 알았다는 듯 고개를 끄덕거렸다.

"아…"

사실, 그 노트도 이곳에 없었다. 서로의 재산이 오고 간 그 노트는 무인도에 두고 왔다. 아무도 그걸 챙기지 않았다. 그 노트의 역할은 거기까지였다. 무인도 생활을 버티게 해주는 것. 그거면 충분했다.

이후 방송에 출연한 그들은 항상 말했다.

"통조림 몇 개 때문에 한 노인을 죽이려고 했을 때, 저희는 짐승들이 되어 있었습니다. 한 노인을 살려주고 나니, 그제야 저희는 사회 속에 사는 인간이 되어 있더군요. 그래서 저희는 살았습니다."

낮인간, 밤인간

[또다시 밤인간들의 좀비 살해 사건이 벌어졌습니다. 경찰은 주변 CCTV를 분석하는 한편…]

"염병할, 밤인간 놈들! 찢어 죽여버려도 시원찮을!"
"아빠! 빨리 와요! 좀 있으면 해가 져요!"
"아, 알았다!"

사내는 TV를 끄고, 가족들이 기다리는 골방 쪽으로 향했다.
그들 가족은 방으로 들어가, 두꺼운 철문을 닫아 잠갔다. 다른 누구도 아닌, 본인들을 가둬두기 위해.

:
:

2년 전. 인류는 신의 비밀이라 일컬어지는 성스러운 항아리를 파내었다. 절대 열지 말 것을 당부하는 기록들을 무시한 인류는 항아리를 개봉했고, 끔찍한 신의 저주를 받게 되었다.

전 인류가 모두, 좀비가 되고 만 것이다.

세계는 커다란 혼란에 빠졌지만, 그럼에도 현재까지 문명이 유지될 수 있었던 데에는 이유가 있었다. 사람들이 늘 좀비 상태는 아니었던 것이다.

특정 시간을 기준으로 인류의 절반은 낮에만, 나머지 절반은 밤에만 좀비로 변했다.

자연스럽게 인류는, 밤에만 좀비로 변하는 인간들을 낮인간, 낮에만 좀비로 변하는 인간들을 밤인간이라 부르게 되었다.

사태를 파악한 인류는, 혼란스러운 와중에도 상황을 수습해 나갔다.

사람들은 좀비의 위협을 받아도 쉽사리 좀비를 죽일 수 없었다.

시간이 지나면 좀비에서 사람으로 변하므로, 좀비를 죽여도 살인죄를 적용했다. 물론, 죄의 경중은 융통성 있게 적용됐다. 그래서 정당방위성이 매우 중요해졌다.

개인들 스스로는, 본인이 낮인간인지 밤인간인지를 파악한 뒤, 좀비로 변하기 전에 스스로를 가두기 시작했다. 괜히 좀비가 되어 돌아다니다가 죽으면 본인만 억울하기 때문이었다.

그럼에도 불구하고, 좀비에 의한 인간 살해, 인간에 의한 좀비 살해 사건은 끊임없이 일어났다.

결국 낮인간은 낮인간끼리, 밤인간은 밤인간끼리 마을을 이뤄 살게 되었다.

자연스럽게 낮인간들은 낮에 일을 하고, 밤인간들은 밤에 일을 하는 사회시스템이 갖춰졌다. 하지만 곧 불만이 피어났다.

"왜 낮인간들이 더 많은 일들을 해야 하는가! 인류가 생산한 에너지는 밤인간들이 더 많이 소비하는데!"

초기라 정착되지 못한 사회시스템 때문에, 상대적으로 낮인간이 밤인간에 비해 더 힘들고, 많은 일을 해야 했기 때문이다.

그것이 시작이었다.

"평생을 어둠 속에서 살아야만 하는 밤인간의 처지를 낮인간들이 알기나 하는가!"

"퇴근이 없는 삶을 알지도 못하는 밤인간들이!"

"불빛 없인 아무 데도 못 가는 밤인간의 처지를 아는가!"

"늘 불면증과 수면 부족에 시달리는 낮인간의 처지를 아는가!"

원래 하나였던 인간이란 종이 마치 낮인간, 밤인간이라는 두 종족으로 나뉘어버린 듯했다.

언론 역시 낮의 언론, 밤의 언론으로 각각 나뉘게 되었고, 각자의 언론들은 서로를 씹어대기 바빴다.

[밤인간들이 또다시 좀비를 살해하고 도망가는 사건이 발생했습니다. 통계적으로 밤인간들의 좀비 살해 수치가 월등히…]

[낮인간들이 태양열 발전소 설치를 놓고 뻔뻔하게도…]

[밤인간들이 야간을 틈타 물고기들을 싹쓸이하고 있습니다. 치어까지 씨를 말리는 그 행위는…]

[낮인간들이 또다시 가상 태양 계획에 반대하며…]

[밤인간 놈들의 식량 도둑질 행위가 날이 갈수록 심해지는 가운데…]

[낮인간 놈들의 자살률이 밤인간에 비해 두 배 이상 높은 것은, 놈들 특유의 스트레스와 수면 부족이 원인으로…]

시간이 지날수록 서로를 적대시하게 된 낮인간, 밤인간은 점점 큰 충돌을 일으켰다.

가장 큰 원인은 소통의 부재였다.

일어난 문제에 대해 대화를 하고 싶어도, 상대는 좀비였던 것이다.

풀지 못한 실타래들은 눈덩이처럼 불어나, 인류는 어느새 서로를 적으로 인식하게 되었다. 그리고 그것은 곧, 낮인간, 밤인간 간의 좀비 살해 행위로 이어졌다.

낮인간은 밤인간이 좀비가 된 낮에, 밤인간은 낮인간이 좀비가 된 밤에 서로를 습격했다.

서로를 죽이는 데 그다지 죄책감은 없었다. 여성, 노약자, 어린아이라 할지라도 그들의 겉모습은 끔찍한 좀비였고, 그런 괴물을 없애는 것엔 거부감이 없었기 때문이다.

물론 평화를 외치는 사람들도 있었지만, 각자의 언론과, 복수엔 복수라고 말하는 대중들이 그들의 의견을 조롱하고, 묵살했다.

처음엔 소규모로 치러지던 좀비 살해 행위는 점점 더 그 규모가 커지더니, 마을 단위의 습격까지 이뤄졌다.

세계에 점점이 뭉쳐 있던 낮인간, 밤인간 무리들은 방어를 위해 똘똘 뭉쳐 더 큰 집단을 형성하기에 이르렀고, 종국에는 낮인간, 밤인간이 거대한 두 집단으로 나뉘어 지구를 절반씩 사용하게 되었다.

그리고 그때쯤, 인류는 이런 목소리를 내기 시작했다.

"언제까지 이렇게 살 순 없습니다! 인류를 하나의 종으로 통일해야 합니다!"

"그렇다면 그것은 낮인간이 되어야 한다!"

"웃기는 소리! 밤인간이 되어야 한다!"

그리고 그때부터 정부가 개입하기 시작했다. 좀비 살해 행위에 군사 무기가 투입되기 시작한 것이다.

지구는 24시간 살육의 전쟁을 치렀다. 낮에는 낮인간의 전쟁을, 밤에는 밤인간의 전쟁을.

현대 무기에 대응하지 못하는 좀비를 살해하는 행위는 식은 죽 먹기보다 쉬웠다. 또한 그들을 죽이는 데도 아무런 거부감이 없었다. 어차피 끔찍한 괴물의 모습들이었으니까.

방패 없이 창만을 가지고 치르는 전쟁은, 역사 속 그 어떤 전쟁보다 빠른 속도로 서로를 소모시키기 시작했다.

그렇게 전체 인류의 절반이 사라졌을 즈음, 신의 저주가 일어난 지 딱 3주년이 되었다.

그러나 인류는 몰랐다. 정말 정말로 몰랐다. 신의 저주에 유효기간이 있었을 줄은.

3년 째 되는 그날 이후, 인류는 낮에도 밤에도 인간의 모습을 유지했다.

그들은 모두 당황했다. 어제까지만 해도 신나게 죽이던 괴물들이 똑같은 인간이 되어 있었기 때문에.

강대한 폭력 앞에 숨죽이고 있던 선한 이들은, 이때다 싶어 얼른 목소리를 높였다.

"저주가 풀렸습니다! 우리는 이제 더 이상 반목할 필요가 없습니다! 우리 모두 하나였던 그때로 다시 돌아갑시다!"

"…"

그 말이 옳았지만, 인류는 여전히 낮인간이고 밤인간이었다.

밤에 좀비로 변하지 않더라도 그들은 여전히 낮인간이었고, 낮에 좀비로 변하지 않더라도 그들은 여전히 밤인간이었다.

서로를 나눈 경계선은 사라지질 않았고, 서로를 향한 적대심도 사라지질 않았다.

선한 이들은 가슴을 치며 통곡했다.

"왜 우리가 이렇게 반목해야 하는가! 우리는 원래 하나였다! 이제 우리를 갈라놓았던 그 어떤 원인도 남아 있지 않은데, 왜!"

그러나 또다시. 서로의 언론들이, 복수엔 복수라고 말하는 대중들이, 이미 자리 잡은 권력자들이, 그들의 말을 조롱하고 묵살했다.

인류는 저주가 풀려 괴물이 사라진 줄 알았지만, 괴물은 사라지지 않았다.

인류는 여전히 낮인간이고, 여전히 밤인간이었다.

⋮
⋮

보너스 트랙 1 : 신혼

의자에 묶인 여인의 형상이 거칠게 발버둥 쳤다.

[으어어어 으어억 어어어!]

한 사내가 그 앞에 쭈그려 앉아 그것의 더러운 발을 씻겨주고
있었다.

전혀, 괴로운 얼굴이 아니었다. 버둥거리는 발길질에도 오히
려 즐거운 듯 은은한 미소를 보였다.

문득 시계를 쳐다본 사내는 여인 앞쪽의 의자에 앉아, 스스로
를 묶기 시작했다. 빈틈없이, 꼼꼼히 꽁꽁.

마지막으로 손을 뒤로 해 수갑을 채운 사내는, 그것을 향해
속삭였다.

"여보, 사랑해."

해가 졌다.

묶인 여인이 잠에서 깨듯 고개를 들었다. 여인의 눈앞에 사내
의 형상이 거칠게 발버둥 쳤다.

[으어어 으어 으어어어!]

여인은 묶인 속박을 풀며, 은은한 미소로 그것에게 속삭였다.

"여보, 사랑해."

:
:

보너스 트랙 2 : 유행하는 게임

[으어어어 으어어 으어!]

"야, 진짜로 괜찮아?"
"뭐 어때! 어차피 저건 좀비잖아! 문이나 얼른 단단히 잠가!"

텅 빈 창고, 중앙의 기둥에 좀비 하나가 묶여 있었다. 장난기 가득한 청년 넷은 무섭지도 않은지 주변을 빙 둘러서 있다.
그들 중 하나가 튼튼한 강철문을 닫고, 안에서부터 자물쇠까지 걸어 잠갔다.

그리고 넷은 각각 네 방향에 서서 무언가를 기대하는 흥분된 얼굴로 기둥에 묶인 좀비를 보고 있었다. 시계를 보는 그들.

"야! 아직 멀었어?"
"이제 금방이야!"

곧, 창밖으로 해가 떴다.

[으어어어!]
[으어어!]
[으아!]

[으어어어어!]

"으응? 여긴 어디! 꺄악!"

⋮

보너스 트랙 3 : 부자의 취미

낮인간 스크류지에겐 괴상한 취미가 있었다.

쿵! 쿵!
[으어어어!]

　스크류지의 개인 서재. 스크류지는 강화유리 감옥에 갇힌 좀비들을 구경하고 있었다. 한 손에 와인을 들고 그것들의 모습을 구경하는 이 시간이 스크류지에겐 가장 즐거운 시간이었다.
　가끔은 그들 우리로 고깃덩어리를 던져주기도 하고, 강화유리 주위를 빙그르 돌면서 좀비들의 헛된 공격을 스릴 있게 즐기기도 했다.

　"시간이 되었습니다, 주인님."
　"아, 그런가? 방공호로 들어가세."

스크류지는 하인과 함께 개인 방공호로 향했다. 절대 그 어떤 인간들도 침입하지 못할 방공호로.

밤이 되었다.

"으응? 아…"

강화유리 안에 갇힌 사람들은 저주의 말을 퍼부었다.

"여기서 내보내줘! 스크류지 이 개자식아!"
"으허엉. 엄마아!"
"집에 가고 싶어!"

낮이 되었다.
다시 인간으로 돌아온 스크류지는 와인을 손에 들고 느긋하게 앉아 그것들의 모습을 구경하기 시작했다.

[으어어 으어어!]

오늘은 스크류지에게 중요한 일이 있어, 잠깐만 즐기고 나갈 생각이었다.
그때, 창백한 얼굴의 하인이 달려와 스크류지에게 어떤 소식을 전해주었다.

그 소식을 들은 낮인간 스크류지는, 손에 든 와인잔을 놓치고 창백한 얼굴로 부들부들 떨었다.

"따, 따님이… 밤인간으로 태어나셨습니다."

아웃팅

[인조인간 아웃팅 전문 기자 최 기자가 또다시 대박 특종을 잡았습니다! 최고 인기 가수 스트레이트가 사실 인조인간이었던 것으로 밝혀졌습니다! 충격적인 소식을 접한 스트레이트의 팬들은 팬클럽을 탈퇴하는 한편, 스트레이트의 앨범을 불태우는 모습을 SNS에 인증하는 등…]

역사에 따르면 50여 년 전, 인류는 자꾸만 줄어드는 인구수에 큰 위기감을 느끼고 있었다. 결국, 인류는 인조인간을 창조했다.

사회 속으로 녹아든 인조인간은 그야말로 감쪽같아, 그 누구도 차이점을 알아채지 못했다. 심지어 인조인간 본인조차도 본인이 인조인간이라는 사실을 알지 못했다.

신체적으로도, 머리를 열어보기 전까진 절대 인조인간과 인간의 차이를 알아낼 수 없었다. 다만 한 가지, 인조인간은 인간에 비해 정말로, 정말로 잘 죽지를 않았다.

　평범한 상처라면 인간들과 같이 피를 흘리고 아파하지만, 죽음에 근접할 정도의 큰 사고를 겪었을 시에는 아예 고통을 느끼지 않았다. 가령 총에 맞더라도, 머리가 꿰뚫리는 즉사가 아니라면, 통증이 사라지며 치료를 통한 회생이 가능할 정도였다. 인조인간은 과다 출혈로 죽지 않았다.

　그래서 인간들은 그런 사고들에서 우연히 인조인간을 구별해낼 수 있었고, 그렇게 인조인간이란 사실이 밝혀지는 일을 아웃팅이라 불렀다.

　인조인간으로 밝혀진다고 해서 그가 죽는 건 아니었다. 어딘가로 끌려가 감금되거나, 살면서 모아온 재산을 압수당하거나 하지도 않았다.

　다만 한 가지, 정말로 무서운 한 가지는 바로 인간들의 차별이었다.

　그들을 보는 사람들의 시선은 곱지 않았고, 쉽게 웃음거리와 가십거리가 되었으며, 어딜 가나 못마땅한 눈초리와 형편없는 대우를 받았다.

　인조인간이란 이유만으로 아프더라도 일반 병원에 갈 수 없었고, 일방적 이혼 사유로 인정되었으며, 투표권 또한 박탈당했다.

　가령 성폭행범이 피해자가 인조인간이라는 사실을 밝혀내어 감형을 받는 경우도 있었다. 또한 인조인간을 죽이는 범죄는 살인이라 불리지도 않았다. 유사 인간형 살해라 불리며 형량을 달리했다.

현 세계의 인간들에게 있어, 본인이 인조인간이라고 밝혀지는 것만큼 무서운 것은 없었다.

:

인조인간 아웃팅 전문 기자라 불리는 최 기자. 최고 인기 가수 스트레이트를 아웃팅시키는 대박 특종을 잡았음에도, 현재 그의 행색은 외로웠다.

한창 축하 파티를 하고 있어도 모자랄 그였지만, 지금 그는 불이 꺼진 넓은 거실 한가운데에 홀로 앉아 캔맥주를 마시고 있었다.

최 기자는 멍하니 허공을 바라보며 가수 스트레이트의 정체를 알게 된 그날을 회상했다.

:

바닥을 기고 있는 인기 가수, 스트레이트는 눈물을 흘리며 최기자를 간절히 올려다보고 있었다.

"최 기자님! 전 정말 몰랐어요! 내가 왜 인조인간인 거야? 아,

씨발, 왜 내가! 최 기자님, 정말 저는 몰랐단 말이에요! 최 기자님!"

울며 바닥을 기는 스트레이트의 상반신과 하반신은 거의 절단되어 있었다. 하지만 스트레이트의 얼굴에서 물리적인 고통은 느껴지질 않았다. 자신이 인조인간이라는 것을 깨달은 괴로움만이 있을 뿐이었다.

최 기자는 놀란 눈으로 스트레이트를 바라보며 침을 꿀꺽 삼켰다.

"최 기자님, 제발! 저는 정말 몰랐단 말이에요, 최 기자님! 내가 왜 인조인간이야! 아 씨발, 내가 왜! 최 기자님! 최 기자님 제발! 제발!"

⋮

최 기자는 그날 보았던 스트레이트의 얼굴을 떠올리니 입맛이 썼다. 캔맥주를 벌컥벌컥 마시며, 이번에는 오늘 아침을 회상했다.

⋮

최 기자의 아내는 괴롭게 울며 비명을 지르고 있었다.

"약속했잖아? 당신 분명히 비밀을 지켜주겠다고 약속했잖아!"

"미안해…"

"그러고도 당신이 사람이야? 스트레이트 씨가 어쩌다 그렇게 된 건데! 우리 애를 구하려다 그렇게 된 건데! 당신이 어떻게 그분을 아웃팅시킬 수 있어?"

"어쩔 수 없었어. 난 기자야."

"뭐가 어쩔 수 없어! 뭐가 기자야!"

"난 기자야! 난 비밀을 가질 수 없어. 국민의 알 권리를 위해서. 어쩔 수 없었어. 욕해도 할 수 없어, 그게 내 기자로서의 사명감이고 내가 지닌 기자 정신이야."

"기자 정신? 웃기지 마! 당신은 그냥 당신의 명성을 쌓는 데만 관심 있는 사람이라고!"

"왜 그래? 어차피 그는 사람이 아니야! 인조인간이라고! 당신이 인조인간을 위해서 이렇게까지 화를 내야만 하는 거야?"

아내는 눈물이 흐르는 매서운 눈으로 최 기자를 보며 중얼거렸다.

"내가 보기엔 당신이 더 인조인간 같아. 그 사람이 당신 같은 사람보단 훨씬 더 사람답다고."

아내는 그대로 짐가방을 끌고 현관문으로 향했다. 집을 나서

기 전, 마지막으로 최 기자를 돌아보며 아내는 차갑게 말했다.

"난 당신처럼 차가운 사람은 본 적 없어. 당신… 어쩌면 당신도 혹시 인조인간 아니야?"

．
．
．

최 기자는 아내와 아이가 떠난 뒤, 온종일 거실에 앉아 본인을 돌아보았다. 내가 잘못된 걸까? 나는 정말로 나 하나의 명성만을 위해 그렇게 달려왔던 것인가?

아니라고 말할 수 없었다. 유명 연예인들을 아웃팅시킬 때마다 점점 더 높아지는 본인의 명성에 희열을 느꼈다. 대한민국 최고의 아웃팅 기자라는 칭송을 즐겼다.

최 기자는 다시 한 번 가수 스트레이트의 얼굴이 떠올라 입맛이 써졌다.

그때, 최 기자의 핸드폰으로 문자가 왔다.

[선배, 축하해요! 이번에도 대박 특종 터트렸네요!]

대학 시절에 자주 붙어 다니던 후배, 꽁치였다. 최 기자는 아무런 생각도 안 하고, 곧바로 통화 버튼을 눌렀다.

"어? 선배, 왜요?"
"만나자. 술이나 한잔하자."

⋮

어두운 조명의 드럼통 고깃집에서 최 기자와 꽁치가 마주 앉아 소주잔을 기울이고 있었다. 싱글벙글한 꽁치가 소주를 한잔 하더니 조잘거리기 시작했다.

"크! 선배랑 이렇게 술 마시는 거 몇 년 만인지 모르겠네! 대학 시절엔 하루가 멀다 하고 마셔댔는데. 흐흐, 그렇죠?"
"그래, 그랬지."

최 기자는 꽁치와 마주하니 떠오르는 옛날 기억에, 그나마 우울함을 조금 떨쳐낼 수 있었다.

"진짜, 선배, 그거 기억나요? 우리 왜, 불법 투견장 현장 잡겠다고, 큭큭! 오물통에 온종일 숨어 있다가 일주일 동안 냄새가 안 빠져서… 우리 주변에 오는 애들이 없었는데, 큭큭."
"하하. 맞아, 그랬지."
"지금 생각하면 대학 시절이 좋았어요. 그땐 생각 없이 살아서 그랬나? 참 다 재밌었는데…"
"…"

최 기자는 그 시절의 본인을 생각했다. 그 시절엔 지금과 같지 않았다. 기자 정신이라며 정의를 좇아 발발거리며 뛰어다녔다. 참언론인이 되기를 꿈꾸었다. 지금처럼 하루 종일 연예인들 뒤꽁무니나 쫓아다니지 않았다. 씁쓸했다. 점점 아내가 던진 말들이 떠올랐다.

최 기자가 보기에 꽁치는 달랐다. 꽁치는 아직도 그때의 열정을 가지고 있는 것 같았다.

"그래, 꽁치야. 넌 요즘 어떠냐? 요즘도 기자 정신이랍시고 여기저기 쑤시고 다니냐?"

"헤헤, 뭐… 저야 그렇지요. 헤헷. 밥벌이도 못 해먹고 삽니다요!"

"자식이… 넌 그대로구나."

"뭐, 선배는 달라졌나? 킥!"

"그거 욕이냐? 흐흐. 내가 누구냐? 연예인들 아웃팅시켜서 먹고사는 속물 기자 최 기자잖냐. 기자 정신은 개뿔도 없는… 하하하."

"흐흐흐…"

최 기자와 꽁치는 옛날 추억을 안주 삼아 술잔을 수없이 돌렸다. 잔뜩 취한 최 기자는 꼬인 발음으로 울분을 토해냈다.

"하, 진짜 그때로 돌아가고 싶다! 진짜 기자 정신으로 이 한

몸 던져보고 싶다고!"

"키킥…"

"야, 꽁치! 요즘 뭐 하는 거 없어? 그때 그 시절처럼 온몸을 던질 만한 일 없냐고!"

"선배 많이 취했어~ 하하하하."

"나 진짜라니까! 진짜 나 그러고 싶다고! 염병할!"

한탄을 쏟아내던 최 기자가 팔을 괴고 고개를 푹 숙였다. 그 모습을 한참 동안 가만히 보던 꽁치가, 웃음기 없는 얼굴로 물었다.

"선배… 선배, 정말로 그러고 싶어요?"

"아, 이 짜식이. 그러고 싶다니까!"

"선배가 정말로 그때처럼 그러고 싶으면… 제가 요즘 작업하고 있는 게 하나 있거든요…"

최 기자는 팔을 괸 채 눈만 빼꼼히 들어 꽁치를 보았다. 꽁치의 진지한 눈이 보였다. 흐리멍덩하던 최 기자의 눈이 조금 진지해졌다.

"…뭔데?"

꽁치는 주변을 한 번 의식한 뒤, 몸을 가까이 붙이며 입을 열었다.

"선배, Area510 구역 알죠? 50년 동안 민간에 공개가 안 되고 있는 비밀 군사기지 말이에요."

"알지."

"선배도 소문은 알고 있죠? 외계인을 가둬두고 있을 거라고…"

"그거 음모론이잖아."

"선배는 이상하게 생각해본 적 없어요? 인조인간 말이에요. 인류의 기술력으로 어떻게 그렇게 완벽한 인조인간을 만들 수 있었을까요?"

"네 말은, 그것이 외계인의 기술력이라고?"

"Area510 구역이 처음 알려진 게 50년 전이고, 인조인간이 처음 사회에 섞여 들어온 것도 50년 전이에요. 공교롭지 않아요?"

"…그런데?"

"사실 저… 그곳을 잠입 취재해보려고 해요."

"불가능해! 주변 접근조차 안 되는 구역이야!"

"…만약 선배가 저와 함께할 마음이 있다면, 제가 소개해드릴 사람이 한 명 있어요."

"…"

최 기자는 꽁치를 가만히 쳐다보았다. 허튼소리를 하는 것 같진 않았다. 분명 뭔가를 알고 있는 것처럼 보였다.

그리고 그 순간, 최 기자는 심장이 두근대는 걸 느꼈다. 열정적이었던 대학 시절의 향수를 느꼈다. 오늘 아침에 아내가 했던 말이 떠올랐다.

[기자 정신? 웃기지 마! 당신은 그냥 당신의 명성을 쌓는 데만 관심 있는 사람이라고!]

최 기자의 눈빛이 형형해졌다. 똑바른 자세로 고쳐 앉고서 꽁치에게 입을 열었다.

"그래! 나도 하고 싶다. 나도 함께하자."
"…진심이세요?"
"진심이야. 정말로 진심이야."
"그러면… 일어나죠. 갈 데가 있어요."

꽁치가 일어나 앞장섰다.
최 기자는 맹물로 입을 헹구고 뒤따라 일어났다. 그러고는 다시 굳은 눈으로 다짐했다. 정말로 국민의 알 권리를 위해 한번 뛰어보리라. 아내에게 달라진 내 모습을 보여주리라!

.
.
.

택시를 타고 내린 ○○동. 앞장선 꽁치가 외진 골목 쪽으로 향했다.

뒤따르던 최 기자의 눈에, 아이가 던진 돌에 맞고 있는 한 청년의 모습이 보였다.

"야! 인조인간! 이쪽 길로 지나다니지 말랬잖아!"
"…"

돌팔매질을 당해도 청년은 화 한번 내질 않았다. 그저 빙 돌아서 다른 골목 쪽으로 향할 뿐이었다. 그 광경을 본 누구도 신경을 쓰지 않았다. 아이의 엄마도.

그 모습을 보던 최 기자는 왜인지, 문득 가수 스트레이트의 얼굴이 떠올랐다. 간절히 올려다보며 애원하던 그 얼굴이.

"선배? 이쪽이에요!"
"어? 어어."

도착한 곳은, 다른 주택들과는 조금 동떨어져 있는 언덕의 낡은 집이었다. 꽁치는 이미 익숙한 듯이 화분에서 열쇠를 꺼내 문을 열고 안으로 들어섰다.

"선배, 지하로 내려가야 해요."
"어, 그래."

아웃팅

횅한 거실 한쪽에는 지하로 향하는 문이 있었고, 그곳은 제법 긴 계단으로 이어져 있었다.

"두더지 형! 나 왔어!"

"크흠! 꽁치냐? 응?"

두더지라 불린 사내는 작지만 살집이 있는, 정말 두더지를 닮은 사내였다. 그는 꽁치를 뒤따라온 최 기자를 경계심 어린 눈빛으로 쳐다보았다.

"크흠! 누구?"

"아, 이쪽은 대학 시절부터 알고 지낸 선밴데… 우리랑 같이 Area510에 잠입할 거야."

"반갑습니다. 최무정 기자입니다."

"크흠! 예, 반갑습니다. 편하게 두더지라고 불러주십시오."

"그럼 저는 최 기자라 불러주시면 됩니다."

최 기자는 이제, 설명을 요구하는 얼굴로 꽁치를 쳐다보았다.

"아! 두더지 형은 발명가인데…"

"천재!"

"천재 발명가인데, 이 형이 조금 특이한 발명을 많이 하거든요?"

지하실 주변에 쌓여 있는 용도 모를 기괴한 물품들만 보아도 그 말이 이해가 되었다.

"Area510에 어떻게 침입할 건지 물었잖아요? 우리는 땅굴을 파서 침입할 거예요."

"땅굴?"

두더지에 땅굴이라니. 너무나 전형적이었다.

"두더지 형이 개발한 무소음 무진동 땅파기 기계가 있는데, 사실 우린 벌써 1년 전부터 파고 있었어요. 게다가 이미 거의 다 팠고요…"

"놀랍군."

"문제는 Area510 내부 지도인데… 선배도 알다시피 Area510은 위성사진도 검열되어 볼 수 없잖아요? 위성사진만 구할 수 있으면, 정확히 어디까지 파서 솟아오를지를 정할 수 있는데… 선배?"

"?"

"선배는 구할 수 있죠? Area510 위성사진."

"글쎄… 어쩌면…"

최 기자는 빠르게 머리를 굴려보았다. 가능할 것 같았다. 최 기자는 정부에 연줄이 있었다. 유명인의 인조인간 아웃팅을 터트릴 시기를 조절하는 대가였다.

"가능할 것 같은데?"
"역시! 그럴 줄 알았어!"
"오오! 위성사진만 있으면 땅굴을 더 진행할 수 있어!"

환하게 웃으며 기뻐하는 두더지를 보고, 최 기자는 문득 궁금
해졌다.

"근데 두더지 씨, 당신은 왜 이 일을?"

그러자 두더지는 씨익 웃으며 말했다.

"크흠! 외계인을 이 두 눈으로 직접 보고 싶으니까!"
"?"
"어릴 적부터 외계인은 분명 존재할 거라 믿어왔기 때문입니
다! 지구에서 가장 가능성이 높은 곳은 Area510 구역! 외계인
을 볼 확률이 가장 높은 곳!"
"선배, 두더지 형은 외계인 덕후예요, 헤헤."
"아아… 하하."

얘기는 일사천리로 진행되었다.
최 기자가 위성사진을 구해 오면, 두더지가 계산한 뒤 땅굴

을 마저 파고, 결행일을 잡아 셋이서 Area510 구역으로 잠입하기로.

여유가 생기자 최 기자는 주변을 둘러보았다. 확실히 외계인 덕후가 맞는지 외계인에 관련된 소품들이 많이 보였다.

특히 최 기자의 시선을 끄는 것은, 한쪽 벽에 걸린 눈 큰 외계인의 머리였는데, 반들반들한 그 머리에 괜히 손이 갔다. 그런데?

"어어어!"

갑자기 두더지가 당황했다. 무심코 머리를 눌러보던 최 기자의 손이 쑤욱 하고 예상보다 더 아래로 내려갔던 것이다.

끼기긱!

곧이어 펼쳐진 광경에 최 기자는 어이가 없었다.

"…무슨 007이야?"

한쪽 벽이 돌아가며 각종 총기류가 진열된 벽으로 바뀌었다. 둘은 머쓱히 웃었다.

"이 형이 또 총기류 덕후이기도 하거든요, 헤헤."

"크흠흠!"

그때, 최 기자는 가만히 생각에 잠겼다. 그러더니 손을 뻗어 권총 중 한 자루를 집어 들고 물었다.

"이 총, 사용 가능합니까?"
"크흠, 가능하긴 한데. 왜요?"
"잠입했을 때 혹시 경비를 만나게 된다면… 사용해야 할 일이 생길지도 모르니까 말입니다."

최 기자의 말에 꽁치가 펄쩍 뛰었다.

"무슨 소리예요? 무슨, 지금 그 총으로 경비를 쏘기라도 하잔 말이에요?"

최 기자는 잠깐 동안 말이 없다가 곧 자기 생각을 풀어놓았다.

"만약 Area510에 경비가 있다면, 인조인간이 아닐까? 사람을 경비로 두지는 않았을 거야. 너도 알다시피 사람은, 절대 비밀을 못 지키니까."
"에이! 그건 모르는 거죠! 하여튼 총은 안 돼요."
"그냥 꼭 쓰자는 게 아니고, 비상용으로 한 자루는 챙겨두자는 거야. 비상용으로. 안에서 어떤 일이 벌어질지 전혀 모르잖아?"

"그렇긴 한데, 그래도 총은 좀…"

"챙겨만 두자고. 두더지 씨, 괜찮죠?"

"크흠. 뭐 나야 상관은 없지만, 꽁치야?"

"어휴."

최 기자는 왠지 예감이 들었던 것이다. 이 총을 사용할 일이 생길 것 같다는 예감이.

:
:
:

드디어 결행일.

최 기자, 꽁치, 두더지는 땅굴 속에서 지도를 펼쳐보고 있었다.

"크흠! 위성사진대로라면 이 위쪽이 바로 중앙 건물의 안이야. Area510 구역에서 외계인이 있을 확률이 가장 높은 곳이지."

최 기자와 꽁치는 목에 건 카메라를 점검했다. 두더지는 양손에 든 무소음 무진동 드릴을 들어 보였다.

"준비됐어? 언제라도 올라갈 수 있어."

"선배, 준비됐어요?"

"어. 시작하자."

셋은 고개를 끄덕였고, 두더지가 조심스럽게 천장에 구멍을 뚫기 시작했다. 이 위에 무엇이 기다리고 있을지 알 수 없어서 모두 긴장한 얼굴이었다.

조금씩 조금씩 흙더미를 떨구던 두더지가 얼마 안 가 손을 멈추며 속삭였다.

"다 팠어."

셋은 눈빛을 나누고, 가져온 사다리를 구멍 밑에 세웠다. 가장 먼저 최 기자가 구멍 밖으로 고개를 슬쩍 내밀었다.

"이런 씨!"
"왜 그래요?"

구멍 밖은 건물 안이 아닌 야외였다.

"밖이야!"
"뭐예요? 아이씨! 어떡해요? 더 파요? 다음으로 미뤄요?"

최 기자는 주변을 살피며 생각했다. 다행히 인기척이 느껴지진 않았다.

"안 돼! 이 구멍을 어떻게 메울 거야? 해가 뜨고 이 구멍이 발각이라도 되면 끝이야! 그냥 강행하자."

"으…"

어쩔 수 없이 셋은 조심스럽게 구멍 밖으로 빠져나왔다.

"어느 쪽으로 가죠, 선배?"
"일단 저 건물 벽으로!"

셋은 최대한 낮은 포복으로 가까운 건물 벽으로 가 붙었다. 그러고는 천천히 주변을 살폈다.

"아이씨, 중앙 건물이 저쪽이야!"
"크흠! 계산이 어딘가 잘못됐나 보군… 쩝."

중앙 건물은 100미터 정도 떨어져 있었다. 그래도 다행스러운 점은, 경비의 인기척이 전혀 느껴지질 않는다는 것이었다.

"어쩌죠, 선배? 그냥 달릴까요?"
"아니야 아니야. 안전하게, 건물과 건물 사이 벽으로 붙어서 천천히 다가가자. 따라와!"

최 기자가 낮은 자세로 재빠르게 건물을 옮겨 갔고, 그 뒤를 둘이 따랐다.

조금씩 조금씩, 30미터 거리까지 도달했을 때,

"누구? 뭐야? 거기 누구야?"
"!"

순찰 중인 무장 경비 두 명의 눈에 들키고 말았다.
방독면 비슷한 마스크를 쓴 경비 둘이 재빠르게 셋을 향해 총
을 겨누었다.

"멈춰! 너희들 누구야? 일반인? 뭐야?"

셋은 절망하며 그 자리에 멈춰 서버렸다. 실제로 총구가 겨눠
진다는 것은, 결국 아무런 행동도 할 수 없단 걸 의미했다.

"손들어!"
"염병!"
"시작도 못 해보고…"

셋은 처분을 기다리는 포로처럼 순순히 손을 들고 그들에게
로 돌아섰다. 경비들은 총구를 겨눈 채 천천히 다가왔다.
그때, 두더지가 복화술 하듯 속삭였다.

"크흠. 주변에 다른 경비 없지? 나한테 전기충격기가 있어. 내

가 저들에게 달려들어 시간을 끄는 사이에 둘은 그냥 중앙 건물로 달려."

"?"

그 말에 꽁치가 깜짝 놀라 속삭였다.

"두더지 형, 미쳤어? 뒈지고 싶어? 저 총이 안 보여?"

그러자 두더지의 입술이 뭔가를 말하려는 듯 움찔움찔 달싹거렸다. 말을 꺼낼 듯 말 듯, 꺼낼 듯 말 듯… 그러다 조금 지나 드디어 꺼내는 말.

"사실 난… 인조인간이야."

"!"

"뭐, 뭐라고, 형?"

두더지는 쓴웃음을 지었다.

"크흠. 나 같은 천재 발명가가 변두리에 처박혀 사는 데에는 다 이유가 있는 거지… 크흠."

"…"

둘은 아무 말도 할 수 없었다.

"난 쉽게 죽지 않아… 내가 달려들어 저들을 저지할 테니까 그 틈에 중앙 건물로 달려. 꼭! 외계인 사진 찍고! 무조건 제일 먼저 보여줘야 해!"

둘은 끝내 아무 말도 할 수 없었다.

경비 둘이 10미터 거리까지 접근했을 때, 두더지는 숫자를 세었다. 이윽고,

"하나… 둘… 셋! 으아아!"
"뭐, 뭐야? 멈춰! 발포한다! 발포하겠다!"
"쏘지 마, 이 새끼야!"

최 기자와 꽁치는 이를 악물고 달렸다. 뒤도 안 보고 무작정 중앙 건물로 달려갔다.

그나마 등 뒤로 총성은 울리지 않았다.

중앙 건물 문까지 도착했을 때 둘은 뒤를 돌아보았고, 그러자 두 명의 경비와 뒤엉켜 있는 두더지의 모습이 보였다.

"두더지 형!"
"빨리 들어가자! 시간이 없어!"

최 기자가 먼저 문을 열고서 건물 안으로 진입했고, 꽁치가 뒤따랐다.

둘은 안으로 들어서자마자 무작정 복도를 달렸다. 하지만 코너를 돌아서자마자,

"뭐야? 누구야? 멈춰!"

총을 든 경비 한 명에게 가로막혀버리고 말았다.

"너희 뭐야? 일반인? 어떻게 들어온 거야?"

둘은 그 자리에 멈춰 서 굳어버렸다. 꽁치는 다시 포기했다. 여기까지였다.

하지만 최 기자의 얼굴은 포기한 얼굴이 아니었다. 이를 악물고 경비를 노려보던 최 기자는 경비를 향해, 이렇게 물었다.

"이봐, 당신! 인조인간이지?"

꽁치는 설마 하는 생각에 다급히 최 기자를 돌아보았다.

"선배? 선배?"
"무슨 소리야? 손들어!"

경비의 경고음이 높아질 때, 최 기자가 다시 물었다.

"이봐, 당신! 인조인간이냐고!"

"서, 선배, 왜 그래요? 무슨 생각하는 거예요! 하지 마요! 선배!"

"너희들, 진짜 뭐야?"

"당신 인조인간이냐니까? 대답해봐!"

"개뿔, 내가 왜 인조인간이야?"

"선배, 안 돼요! 선배!"

최 기자는 이를 악물었다. 여기까지 와서 포기할 수 없었다. 아내에게 보여줘야만 했다. 부끄럽지 않은 참된 기자의 모습을 보여줘야만 했다.

최 기자의 손이 천천히 주머니로 향했다. 경악하는 꽁치!

"선배! 안 돼요. 선배! 그러지 마요, 선배!"

"이봐, 너! 손들라니까!"

최 기자는 눈을 질끈 감았다 떴다. 그리고,

탕!

"선배!"

마스크 너머로 눈을 부릅뜬 경비가, 총을 놓치며 뒤로 넘어갔다.

"미쳤어요, 선배?"

최 기자는 공치열의 비명을 무시하며 곧바로 달렸다. 그러고는 쓰러진 경비의 마스크를 급히 벗기며 소리쳤다.

"아파? 아프냐고! 대답해! 아파? 아프냐고!"

경비의 손이 본인의 몸을 더듬고 있었다. 부들부들 떨리는 경비의 얼굴, 믿을 수 없어 부릅뜬 눈, 동공이 풀려버린 그 눈. 경비가 입술을 파르르 떨며 말했다.

"내가… 내가 인조인간이라니… 내가… 내가… 인조인간이라니… 내가!"
"아!"

최 기자의 입에서 안도의 탄식이 흘렀다. 곧장 달려온 꽁치가 최 기자의 멱살을 붙잡아 들었다.

"선배, 진짜 미쳤어요? 미쳤냐고요!"

최 기자는 꽁치의 팔을 뿌리치며, 경비의 총을 주워 들었다.

"시간이 없어! 빨리!"

최 기자는 곧장 복도 너머로 달렸고, 꽁치는 넋이 나간 경비를 보며 입술을 깨물다, 최 기자의 뒤를 쫓았다.

계속해서 달리고 달리던 둘. 최 기자가 앞서 복도 코너를 돌았고, 드디어 복도 끝에 경고문이 붙은 문을 발견했다.

"저기다! 저기야! 꽁치야, 저쪽이야!"
"선배!"

최 기자는 꽁치를 기다릴 것도 없이 먼저 빠르게 걸음을 옮겼다.

한데 그 순간,

탕! 탕! 탕! 탕탕!

"?"
"서, 선배!"

급히 뒤를 돌아본 최 기자의 눈에, 코너에서 피를 뿌리며 넘어지는 꽁치의 모습이 보였다.

최 기자의 머릿속이 새하얗게 세어갔다.

바닥에 내동댕이쳐져 울컥, 피를 토하는 꽁치.

"꼬, 꼬, 꽁치야?"

최 기자는 당장 꽁치에게 달려갔다.

옆으로 가로누어진 꽁치의 고개.

꽁치의 얼굴이 서서히 일그러졌다. 이리저리 뒤엉켜졌다. 마구마구 구겨졌다. 꽁치의 눈에서 하염없이 눈물이 흘렀다.

일그러진 얼굴로, 눈물을 쏟아내는 얼굴로, 꽁치가 말했다.

"선배… 선배… 나 왜 안 아파요? 흐어엉! 왜 안 아픈 거예요, 선배? 으헝헝! 선배, 나 왜 안 아파요? 선배! 나 왜 안 아픈 거예요? 말 좀 해봐요, 선배! 선배!"

"꼬… 꽁치야!"

"흐어엉, 선배! 알려줘요! 선배, 나 왜 안 아픈 거예요? 선배, 말해줘요! 선배! 나 왜 안 아파요! 으허어엉! 나 왜 안 아프냐고요!"

"!"

최 기자는 뒷걸음쳤다. 믿을 수 없었다. 20년을 함께한 꽁치였다. 꽁치가 왜, 꽁치가 왜!

두다다닥닥!

달려오는 군홧발 소리에 최 기자는 번쩍 정신을 차렸다.

"꽁치야!"

"선배! 흐엉엉!"

이를 악문 최 기자는 냅다 뒤돌아 달렸다. 경고문이 붙어 있는 문을 향해 달렸다.

10미터 남짓 남았을 때, 최 기자는 문손잡이를 향해 총을 난사했다.

탕! 탕! 탕탕탕! 탕탕탕탕!

최 기자는 그대로 속도를 줄이지 않고, 너덜거리는 문을 향해 몸뚱이를 강하게 던졌다.

쿠당탕!

최 기자의 몸이 문을 통과해 굴렀다. 50년간 비밀로 지켜진 Area510의 중추로 진입한 것이다.

벌떡 일어난 최 기자는 얼른 주변을 살폈다.

있었다. 철창이 있었다. 외계인을 가둬놓은 철창이 있었다.

최 기자는 얼른 철창을 향해 달렸다. 온 힘을 다해 달렸다.

한데?

철창에 가까워질수록 최 기자의 걸음이 느려졌다. 철창 안에는 외계인이 없었다. 철창 안에는 외계인이, 없었다.

그저 놀라 커진 눈으로 최 기자를 보고 있는 10여 명의 사람들이 있었을 뿐이다.

강렬한 허무가 최 기자의 온몸을 감쌌다. 하지만 곧, 최 기자는 벼락을 맞은 듯 몸을 떨며 그 자리에 굳어버렸다.
최 기자의 몸이 부들부들 떨렸다. 부릅뜬 눈의 동공이 쉴 새 없이 흔들렸다.

최 기자는 철창에 걸려 있는 팻말의 문구를 읽었다.

[멸종 위기 동물 : 인간]

"…"

.
.
.

많은 사람이 모인 기자회견장.

최 기자가 단상 위로 오르자, 수많은 기자들이 최 기자를 올려다보며 웅성거렸다. 단상 위에서 그들을 내려다보며 최 기자가 입을 열었다.

아웃팅

"안녕하십니까? 아웃팅 전문 기자 최 기자입니다."

좌중이 조용해지며 모든 카메라들과 기자들이 최 기자에게 집중했다.

최 기자는 맑은 눈빛으로, 올곧은 표정으로, 마이크를 향해 입을 열었다.

"저는 오늘, 전 인류를 아웃팅하러 왔습니다."

그날 인류는 너무나도 당연하였던 그 사실을 깨닫게 되었다. 우리는 모두 똑같다는 사실을.

우리는 모두 똑같다는 사실을.

신의 소원

어느 날 갑자기 전 인류의 머릿속으로 신의 메시지가 울렸다.

[너희의 기도가 닿아 한 가지 소원을 들어주려 한다. 그것이 무엇이든 간에 뭐든지 다 이루어주겠다. 인간의 대표자는 오늘 밤 12시에 소원을 말하라.]

전 인류 모두가 메시지를 함께 들은 덕분에 신빙성 논란은 일축됐고, 인류는 빠르게 의견을 모으려 했다.

그러나 얼마 안 가, 갑자기 하늘에서 빛의 기둥이 내리쬐어졌다. 희한하게도 세계 어디에서도 볼 수 있었던 그 기둥의 끝은, 어느 한 교도소를 가리키고 있었다.

빛은 교도소에 수감된 죄수, 잭을 비추고 있었다.

건물과 가림막, 모든 것을 무시하고 잭만을 비추는 빛의 기둥은 신성함 그 자체였다. 신이 말한 인간의 대표자가 잭이 된 것이었다.

인류 초미의 관심사였던 그 소식은 곧장 전 세계로 퍼져나갔고, 세계는 당황했다.

왜 하필 잭인가? 왜 하필 연쇄살인마 잭이란 말인가?

당황은 했지만 어쩔 수 없었다. 사형수였던 잭은 곧바로 특급 호텔로 이송되어 최고급 대우를 받게 되었다.

세계는 토론했다. 어떤 소원을 빌 것인가? 많은 후보들이 언급됐다.

지구온난화, 세계 평화, 인간 수명 연장, 대체에너지, 우주 진출 등등…

하지만 문제는 잭이었다. 아무리 인류가 소원을 정하더라도 잭이 그 소원을 빌지 않으면 말짱 도루묵인 것이었다.

그때, 누군가 말했다.

"연쇄살인마 잭을 어떻게 믿는단 말입니까? 잭의 말 한마디로 인류가 멸망할 수도 있습니다!"

그의 우려는 타당했다. 신의 축복에 들떠 있던 인류는, 어쩌면 이것이 신의 재앙이 될 수도 있음을 인지하게 되었다.

인류는 고민했다. 인류가 잭에게 무릎 꿇고 빌어야 한단 말인가? 잭이 과연 인류의 부탁을 들어줄까? 인류는 이 위험한 도박에 운명을 걸어야 하는가?

그리고 그때, 누군가가 다시 말했다.

"잭의 사형을 지금 집행합시다!"

그의 말은 많은 이들에게 공감을 일으켰다. 인류는 연쇄살인마를 믿고 도박을 할 수는 없었다.

그렇게 연쇄살인마 잭은 최고급 호텔에 도착한 지 두 시간 만에, 형장으로 끌려가 사형당해야 했다.

하지만 사람들은 다시 당황했다. 잭을 비추는 빛의 기둥이 사라지지 않았던 것이다.

온갖 추측들로 사람들은 공포에 떨었고, 그날 밤 12시까지 전 세계의 이목이 잭의 시체로 집중되었다.

한데 사람들의 걱정과는 달리, 12시가 지나자 잭의 시체를 비추던 빛의 기둥이 거짓말처럼 사라졌다.

그 대신, 또다시 신의 메시지가 전 세계로 울렸다.

[내일 밤 12시에 다시 소원을 말하라.]

그러고는 곧, 다른 곳에서 빛의 기둥이 다시 비추어졌다.

기둥 근처의 사람들은 발 빠르게 기둥으로 향했고, 그곳에서

두 번째 기둥의 주인공 마르크스를 확인할 수 있었다.

마르크스는 한쪽 팔이 없는 장애인 남자였다. 빛의 기둥 안에서 마르크스는 크게 소리쳤다.

"나의 소원은 전 세계의 모든 장애가 치유되는 것이오!"

사람들은 그의 소원을 지지했다. 좀 더 나은 소원을 제시하는 이들도 있었지만, 선택받은 자의 뜻을 꺾으면서까지 소원을 반대할 명분은 없었다.

많은 사람이 소원이 이뤄질 내일 밤을 기대하며 잠이 들었다.

하지만 아침이 되었을 때, 사정은 달라졌다.

선택받은 인간 마르크스에 대한 모든 신상 명세가 낱낱이 파헤쳐졌고, 온갖 소음들이 터지기 시작한 것이다.

"마르크스는 전쟁 군인이었습니다! 수많은 사람을 죽이고, 그 과정에서 팔을 잃은 겁니다!"

"마르크스는 최근까지도 정신과 치료를 받고 있었소! 그의 정신 상태는 몹시 불안정하오!"

"마르크스는 매일같이 술을 마십니다! 술에 취할 때마다 마르크스가 항상 입버릇처럼 하는 말이 있습니다! 빌어먹을 공국 놈들은 죄다 찢어 죽여버려야 해! 그는 과거 적국에 대한 원한으로 가득 찬 위험한 사람입니다!"

사람들은 동요했다. 만에 하나를 걱정했다. 마르크스가 혹, 인류에게 끔찍한 결과를 초래하지 않을까?

그 걱정이 눈덩이처럼 커지는 것은 아주 간단한 일이었다. 고작 몇 개의 키워드만 있으면 되었다. 정신과 치료, 전쟁 살인, 알코올중독.

실제 마르크스가 어떤 사람인지는 사람들에게 중요하지 않았다.

해가 채 지기 전, 누군가가 말했다.

"마르크스를 죽입시다!"

또 다른 누군가가 동의했다.

"맞습니다! 마르크스가 인류에게 해가 되는 소원을 빌기 전에 죽입시다!"

점점 고조되어가는 분위기에 사람들이 휩쓸리는 건 순식간이었다.

결국, 마르크스는 12시를 보지 못하고, 주인 없는 총에 맞아 목숨을 잃어야만 했다.

사람들은 다시 마르크스의 시체를 보며 신을 기다렸다.

12시가 되어 마르크스의 시체에서 빛의 기둥이 사라지고, 또다시 신의 메시지가 울렸다.

[내일 밤 12시에 다시 소원을 말하라.]

세계 어딘가에서 또다시 빛의 기둥이 내리쬐었다.

세 번째 빛의 기둥의 주인공은 평범한 사내, 김 군이었다.

평범한 김 군의 신상 명세가 모두 드러나는 데는 한 시간이 채 걸리지 않았다.

"김 군은 음주 운전을 하다 걸린 적이 있습니다!"

"김 군은 개고기를 먹는다!"

"김 군이 예전에 달았던 댓글들을 보십시오!"

"김 군이…"

사람들은 엄격했다. 김 군이 지은 깃털만 한 죄들도 사람들의 평가하에 그 무게가 달라졌다.

김 군이 진짜 어떤 사람인지는 사람들에게 중요하지 않았다. 작은 흠집만으로도 김 군은 인류 멸망의 씨앗 취급을 받을 수밖에 없었다.

누군가는 또다시 말했다.

"저런 인성을 가진 자가 혹시라도 인류에게 해가 되는 소원을 빌면 어쩐단 말입니까? 인류의 안전을 위해 김 군을 죽입시다!"

휩쓸린 사람들은 동의했다.

그렇게 김 군은 완벽하지 못한 죄로 주인 없는 칼에 맞아 목숨을 잃어야만 했다.

사람들은 다시 빛이 내리쬐는 김 군의 시체를 보며 신을 기다렸다.

[내일 밤 12시에 다시 소원을 말하라.]

네 번째 빛의 기둥의 주인공은, 세계적인 재벌 스크류지였다.

이미 잭과 마르크스, 김 군의 상황을 처음부터 지켜본 스크류지는 발 빠르게 선언했다.

"나는 인류를 위한 소원을 빌지 않을 것이오! 나는 나의 불로불사를 소원으로 빌 것이오! 내 소원은 지극히 개인적인, 오직 나 자신만을 위한 것이오! 그러니, 내가 절대 인류에게 해가 되지 않으리란 것은 모두가 인정할 수 있을 것이오!"

그의 말은 타당하였다. 이미 가진 게 많은 자가 불로불사를 소원으로 빈다는데, 그걸 믿지 않을 사람은 없었다. 스크류지의 소원이 인류에게 해가 될 가능성은 전혀 없었다.

하지만, 질투하는 자는 있었다.

"왜 스크류지는 인류의 소원을 혼자서 독차지하는가?"
"불로불사라는 것이 인간에게 허락되어도 되는가?"

"오만하고 이기적인 자! 그는 소원을 빌 자격이 없다!"

결국, 분위기에 휩쓸린 사람들은 또다시 외쳤다.

"스크류지를 죽입시다!"
"스크류지가 소원을 빌기 전에 죽입시다!"

스크류지는 당황했다.

"이, 이보시오들! 그렇다면 내 다른 소원을 빌겠소! 인류를 위해 소원을 빌겠소!"

하지만 광기에 휩쓸린 사람들을 막을 재주는 없었다.

"스크류지의 말을 믿을 수 없다!"
"스크류지 같은 가진 자는 절대 남을 위하지 않는다!"
"스크류지를 죽이자!"

그날 저택을 탈출해 피신하던 스크류지의 방탄 자동차는, 광기에 찬 군중들에 의해 불태워졌다.
또다시 사람들은 빛이 내리쬐는 스크류지의 시체를 지켜보며 신을 기다렸다.

[…이번이 마지막이다. 내일 밤 12시에 다시 소원을 말하라.]

마지막이 있을 줄은 몰랐을까? 사람들은 당황했다. 신중해졌다.

그리고 다섯 번째 기둥의 주인공을 찾았을 때, 사람들의 광기가 드디어 멈췄다.

기둥의 주인공은 8살 소녀였다. 사람들은 빠르게 소녀를 평가했다.

소녀의 가족은 속세를 떠나 평생을 산속에서 밭을 일구며 자연과 함께 살고 있었다. 흡족했다.

소녀는 태어나 단 한 번도 집을 떠나본 적이 없고, 부모님 외에는 그 누구도 만나지 못해, 속세의 때가 묻지 않아 순수했다. 흡족했다.

그들 가족은 모두 채식만을 하였고, 벌레조차 쉽사리 살생하지 않았다. 흡족했다.

그들 가족은 지금의 생활이 가장 행복했고, 속세에 그 어떤 욕심도 없었다. 흡족했다.

완벽했다. 드디어 사람들은 그 어떤 흠도 찾아내질 못했다.

그리고 소녀는 대답했다.

"우리 아빠가 세상에서 가장 중요한 가치는 평등이라고 했어요! 저는 세상 모두가 평등해졌으면 좋겠어요!"

신의 소원

평등! 소녀의 대답 또한 사람들에겐 만족스러웠다. 사람들은 소녀가 올바르고 똑똑하다며 매우 칭찬했다.

물론 더욱 유용할 소원들이 많았지만, 소녀의 순수성을 더럽히지 않기 위해, 다른 소원을 강요하지 않기로 합의했다.

사람들은 처음으로 빛의 기둥 속, 살아 있는 사람을 보며 신을 기다렸다. 평등해질 세계를 기다렸다.

그렇게 12시가 되었다.

[소원을 말하라.]

천진난만한 소녀는 밝은 미소로 소원을 빌었다.

그것은 인류가 잭에게 상상했던, 마르크스에게 상상했던, 김군에게 상상했던, 스크류지에게 상상했던 그 어떤 소원들보다 더, 재앙이었다.

[살아 있는 모든 것들이 인간처럼 똑똑해졌으면 좋겠어요!]

사람들은 물었다. 어디서부터 잘못된 걸까?

바퀴벌레도 그 물음에 대답해줄 수 있는 세상이, 와버렸다.

손가락이 여섯 개인 신인류

[속보입니다! 2055년 5월 5일, 통일 정부가 드디어 인간 인공진화 법안을 최종 승인했습니다!]

앞으로 태어나는 모든 아이는 한쪽에 여섯 손가락, 총 열두 손가락을 가지게 되었다. 장갑 만드는 회사는 앞으로 여섯 손가락 디자인을 연구해야 할 것이다.

정책을 추진한 이들의 주장은 이러했다.

[기술이 발전할수록 인간이 직접 하는 노동은 점점 사라질 겁니다. 물류, 농사, 건설, 청소, 기타 노동, 모두 명령 하나만 내리면 로봇이 대신해주는 세상이 오고 있습니다. 앞으로 인간이 직접 하는 유일한 노동은, 키보드를 두드리는 일이 될 것입니다. 만약 인간의 손마다 손

가락이 하나씩 추가된다면, 키보드를 훨씬 더 능숙하게 다룰 수 있습니다. 인간 개개인으로 본다면 그 효과가 미약할지 몰라도, 인류 전체로 본다면 인류의 경제 발전 속도를 최소 10퍼센트 이상은 앞당겨줄 것으로 예상됩니다.]

주장과 함께 발표된 방법도 확실했다.

임신 상태에서부터 간단한 시술로 태아의 손가락을 늘릴 수 있었고, 아무런 부작용도 없었다.

그럼에도 불구하고 당연하게도, 수많은 반대 의견에 부딪쳤다.

"인간이 신의 영역에 손을 대서는 안 된다!"

"손가락이 여섯 개면 그게 장애인이지, 무슨 신인류야?"

"그렇게 되면 기존 다섯 손가락 인류와 여섯 손가락 인류가 동시대에 살아야 합니다. 심하면 고작 한 살 차이가 나는 서로 다른 인류가 지구에서 공존해야 한다는 건데… 분명 극심한 세대 간 차별 문제가 발생할 것입니다!"

수많은 시위와 반대 여론이 들끓었다.

그럼에도 불구하고 정부는 지구 인류의 큰 그림이라는 명목 하에 정책을 추진했고, 공식적으로 법안이 통과됐다.

피할 수도 없었다. 통일 정부에는 지구상의 모든 인간이 등록

되어 있었고, 모든 임산부는 강제적으로 인공진화 시술을 받아야만 했다.

시민들은 불만이 많았지만, 이미 일이 벌어진 마당에야 어쩔 수 없었다.

시간이 흘러, 여섯 손가락 아이들이 태어나기 시작했다.

많은 부모들이 걱정했지만, 부작용을 안고 태어나는 아기들은 없었다.

불편한 혹처럼 붙어 있을 줄 알았던 여섯 번째 손가락도, 전혀 위화감 없이 하나의 손가락 몫을 하며 꼼지락거렸다.

물론 자신과 다르게 생긴 아이의 손가락을 보며 머릿속이 복잡해지는 부모들도 있었지만,

"다행으로 생각해! 조금만 일찍 낳았어도 구인류로 태어날 뻔했다고! 신인류로 태어나서 얼마나 다행이야?"

"그건 그런가…"

그 말도 맞았다. 낯설긴 했지만, 적응했다. 주변에 함께 태어난 모든 신생아가 여섯 손가락을 가지고 있다는 점이 그들을 안심시켰다.

신인류들이 본격적으로 탄생하자, 구인류의 심정은 복잡해

손가락이 여섯 개인 신인류

졌다.

"와⋯ 이제 정말로 인간은 모두 여섯 손가락으로 태어나는 거야? 더 이상 다섯 손가락 인간은 안 태어난다고? 와⋯"

"다섯 손가락을 가진 인간은 우리로 끝이구나⋯ 좀 더 시간이 지나면 이제 우린 교과서에서나 볼 수 있는 인간이 되겠네."

"이러는 법이 어딨어요? 내 아이는 고작 1년 차이로 신인류로 태어나지 못했다고요!"

"신인류는 키보드 다루는 게 능숙하다며? 신인류들이 자라면, 취업에서 신인류한테 다 밀리는 것 아니야?"

"저 애들이 학교에 다니기 시작하면⋯ 우리 애들은 어쩌지? 열등감을 느끼면 어쩐담⋯"

인류는 기대와 우려 속에 신인류의 탄생을 지켜보았다.

한데,

통일 정부의 정권이 바뀌었다.

[국민 여러분! 인류 인공진화 프로젝트의 비리를 폭로합니다! 모든 연구 발표가 허위로 작성된 거짓이었습니다! 모두 다 비선 실세 ○○○ 씨의 사업에 국비를 몰아주기 위한 비리였고, □□□ 씨가 빼돌린 금액은 무려 200조 원에 육박할 것으로⋯]

사람들은 충격에 빠졌다. 손가락 여섯 개의 신인류가 경제 발전 속도를 10퍼센트 이상 앞당겨줄 거라는 연구 결과는 모두 거짓이었다. 찬성이 더 많다던 투표 결과도 모두 조작이었다.

지구는 온통 ○○○ 게이트로 들썩거렸다. 그 와중에 가장 충격에 빠진 이들은,

"뭐, 뭐야? 그럼 우리 애는 어떡하라고?"

여섯 손가락 아이를 낳은 부모였다.
모든 게 거짓이었던 인류 인공진화 프로젝트는 전면 취소됐고, 사람들은 원래대로 다섯 손가락 아이를 낳기로 했다.

오직 프로젝트로 태어난 아이들만이 여섯 손가락을 가지고 있었다.

그 부모들은 하늘이 노래졌다.

"말도 안 돼! 정부가 멋대로 강행해놓고 뭐, 뭐? 이제 와서 무슨 개소리야! 장난하나!"
"쌍! 비션 실세고 비리고 뭐고, 난 몰라! 정책대로 가라고! 앞으로도 계속 여섯 손가락으로 태어나게 하라고!"

손가락이 여섯 개인 신인류

신인류의 가족들은 단체로 항의하고, 소송하고, 시위도 했지만, 그들은 소수였다.

대다수 사람들은, 그들을 안타깝게는 생각했지만,

"어쩔 수 없지… 아휴! 그렇다고 앞으로 태어날 아이들까지 여섯 손가락으로 만들 순 없잖아? 그건 비정상이지."

"맞아. 처음부터 이상했어! 손가락이 여섯 개가 뭐야? 이상하잖아? 사람 손가락은 다섯 개가 맞지!"

"세상에! 그 프로젝트로 태어난 아이들은 무슨 죄래? 불쌍해서 어떡해!"

돌이킬 수 없었다.

바뀐 정권은 제대로 된 보상마저 해주지 않았다. 비선 실세 ○○○ 씨는 감옥에 수감되었지만, 숨겨진 재산을 몰수하진 못했다. 200조 원에 달하는 재산 중 단 1조 원도 회수하지 못했고, 피해자들에게 지불된 보상금은 턱없이 모자랐다.

신인류의 부모는 피눈물을 흘렸다. 전 세계에서 손가락 제거 수술이 동시다발적으로 일어났지만, 쉽지 않았다. 여섯 손가락 그대로가 너무도 완벽하여, 하나를 제거할 경우엔 매우 부자연스러워졌다. 어린 아기는 고통에 울부짖었고, 수술이 끝나도 평생 불편한 손으로 살아야 했다.

의사들은 차라리 그대로 두는 것을 권했다. 그러나 부모들은 그럴 수 없었다.

"우리 아이가 자라서 받을 차별을 생각하면 밤마다 잠을 이룰 수가 없어요! 손가락이 여섯 개라고 얼마나 놀림받고, 차별을 받겠어요!"

"…"

사람들은 그들을 동정했다. 언론도 나서서 대대적으로 그들을 위로하고, 해결 방법을 모색했다.

[무슨 일이 있어도 그들을 차별해서는 안 됩니다! 그들이 그렇게 태어나게 된 데에는, 우리 기성 인류의 어리석은 잘못이 큽니다! 절대 그들이 차별받게 내버려둬선 안 됩니다!]

전 인류가 동의했다.

인류의 역사를 뒤져도, 이번 사건처럼 충격적인 대사건은 흔치 않았다. 사람들은 뜨겁게 일어나 적극적으로 동의했다.

이 시대의 아픔이 된 신인류를, 모든 인류가 팔 걷고 나서서 돕기로 맹세했다.

신인류 아이들이 자라서 차별받지 않게 하기 위해서, 정부, 교육, 언론, 시민 의식, 그 밖의 모든 것을 동원해 적극적으로 차별에 반대했다.

여섯 손가락을 희화하는 것은 절대 금기가 됐다. 히틀러, 흑인 노예보다 더한 금기였다.

전 세계 톱클래스 연예인이 술에 취해 SNS에 한 줄 떠들었단 이유로, 사회에서 매장당하고 다시는 재기하지 못하게 될 정도였다.

그럼에도 불구하고 인류는 불안했다. 사실, 회의적이었다.

과연, 차별이 없을까? 아무리 노력한다 해도, 그 불쌍한 아이들을 차별받지 않게 만들 수 있을까? 손가락이 다른데? 불가능하지 않을까?

걱정된 사람들은 차별에 극도로 예민해졌다. 그것은, 놀라운 결과를 불러왔다.

"뭐야? 누가 장애인을 차별하는 거야? 법은 또 왜 이래?"

"인종차별이 아직도 있다니? 이거 뭐 하자는 거야! 방송국들은 이런 걸 알리지 않고 뭐 하나?"

"뭐? 성 소수자를 차별하는 사람들이 있다고? 어디서는 아직도 동성 결혼이 불법이라고?"

"세상이 이래가지고, 나중에 신인류 아이들이 자라서 평화롭게 살 수 있겠어?"

시민들은 작은 차별에도 크게 분노했고, 적극적으로 나섰다. 정부는 시스템으로, 법적으로 최대한 지원했다. 언론들은 연신 고쳐야 할 차별을 뉴스로 내보냈다.

　지금의 사회 분위기가 그랬다. 무엇이든 차별을 하는 것들은 희대의 몰상식한 것들이고, 매장당해 마땅한 것들이었다.

　그러자,

　"뭐야? 가능하잖아?"

　세상에 모든 차별이 사라졌다. 사람들 스스로도 놀랐다. 세상에서 차별을 없애는 게 가능했다니?

　시간이 흘러 신인류 아이들이 자라난 뒤에도, 아이들의 여섯 손가락을 놀리는 사람은 없었다. 아이들 스스로도 창피해하지 않았다.

　그냥 별것 아닌 당연한 일이었다.

　　　　　　　　　　　　손가락이 여섯 개인 신인류

디지털 고려장

[가상현실 가족 도입 12년 차! 아직까지도 디지털 고려장이라는 불명예스러운 별명으로 불리고 있는데요…]

"흠…"

TV 뉴스를 보던 김남우의 표정이 조금 불편해졌다.
옆에서 그의 아내 임여우가 말을 걸었다.

"올해는 아버님 업데이트하러 가봐야 하지 않아? 벌써 4년째 안 했잖아."

김남우는 잠깐 고민하다가, 고개를 저었다.

"내년에 하자. 돈도 없는데…"

"작년에도 그렇게 말해놓고."

"내년에 내년에. 올해는 진주 대학도 있고, 돈 들어갈 때가 너무 많아."

"…"

임여우는 찜찜한 얼굴이었지만, 더는 말하지 않았다. 시아버지 문제에는 남편이 예민했기에, 말다툼하고 싶지 않았다.

[정부에서는 뇌 스캔 비용을 일부 지원해주는 방안을…]

"…"

김남우는 문득 스마트폰을 들어, 오랜만에 가상 세계로 접속했다.

영상 속의 아버지 모습은 행복해 보였다.

아들, 며느리, 손녀와 함께 고깃집에서 웃으며 외식을 하는 모습이 말이다.

"…좋아 보이시네."

고개를 끄덕이며 접속을 끊는 김남우. 옆에서 임여우가 씁쓸한 얼굴로 그 모습을 바라보았다.

$$\vdots$$

　지구의 인류가 포화 상태에 도달했을 때, 정부는 데이터상의 가상 지구로 이주하는 방법을 연구했다.

　사람들은 당연히 반발했다. 가상 지구 따위로 이주하고 싶어 하는 사람은 아무도 없었다.

　다만 한 가지, 정부에서 대대적으로 미는 정책은 있었다.

　비노동 인구인 노인들을, 요양원이나 노인정이 아닌 가상 지구로 이주시키는 정책이었다.

　사실, 노인 부양 문제는 사회적으로 커다란 골칫거리였다. 이미 많은 노인이 가족과 떨어져 독거 생활을 하고 있었고, 심지어 가족에게 버림받은 노인들도 많았다.

　어차피 자식들과 떨어져 요양원 등에서 혼자 지낼 노인들이라면, 차라리 가상현실에서 가족들과 함께 사는 게 더 낫다는 것이 정부의 설명이었다.

　노인이 현실에서의 육체를 버리고, 가상 세계로 이주하게 되면 생물학적 유지비가 사라지게 된다.

　또한, 건강상의 문제로 몸이 불편하던 노인들도, 가상 세계에서는 건강한 신체를 가질 수 있게 된다.

　게다가 온 가족의 뇌 스캔을 통하여 구현한 완벽한 가족 아바타가 함께하기에, 노인들에게는 실제 현실과의 차이가 전혀 없었다. 오히려 더 나았다. 함께 살지 못하던 가족들과 함께 살 수 있었으니까.

가상 세계 속 노인들은 그곳이 가상 세계라는 자각조차 못 하였기에, 정부에서 내건 광고 멘트는 이러했다.

[한숨 자고 일어났더니, 사랑하는 자식들과 함께 살게 되었습니다. 꿈을 이루었습니다.]

처음에는 어마어마한 반발에 부딪쳤다.
사실상 부모 살인이라는 얘기까지 나오며, 디지털 고려장이라는 불명예스러운 별명이 붙었다.
그럼에도 불구하고 노인들의 자발적인 참여로, 또 자식들의 설득으로, 가상 지구 이주는 조금씩 이루어졌다.

많은 사람들이 반인륜적인 행위라 욕했지만, 당사자들은 자신의 아바타가 부모님과 함께 사는 모습을 보며 만족했다. 그들은 묻곤 했다.

"1년에 두 번도 안 찾아가는 것들이, 우릴 욕할 자격이 있나?"
"…"

점차, 가상현실 이주의 여러 가지 장점이 밝혀졌다.

부모님의 건강하고 행복한 모습을 어디서든 접속하여 볼 수 있다는 점. 부양비의 완전 삭감. 어차피 자신의 뇌를 스캔한 아바타이기에, 가끔은 부모님과 싸우기도 하는 완벽한 현실성.

거기다 정부에서 각종 혜택까지 밀어주니, 점점 이주에 호응하는 사람들이 늘어갔다.

단, 하나의 단점이 있었다.

가상 세계 속 가족들의 아바타에 갱신이 필요하단 점이었다.

만약 노인의 손녀가 고등학생일 때 뇌 스캔을 했다면, 가상 세계 속에서도 손녀는 영원히 고등학생일 수밖에 없었다.

당연했다. 현실 속 가족과 언제나 똑같은 아바타이기에 거부감 없이 이주하는 것이지, 현실과 다르게 제멋대로 변화하는 인공지능 따위였다면 아무도 이주하지 않았다.

이주 노인의 가족들은 보통 1년에 한 번씩 뇌 스캔을 통해 가상 세계 속 아바타를 업데이트했다.

그러나 뇌 스캔의 비용이 너무 많이 든다는 게 문제였다. 정부에서는 첫 1회만을 무료로 지원해주었고, 나머지 갱신은 가족들의 부담이었다.

그러자 초기에 비해, 2년, 3년, 뇌 스캔을 미루는 가족들이 점점 생겨났다.

물론, 그래도 상관은 없었다. 어차피 노인들은 가족들이 변하지 않는다는 것을 인식하지 못했다. 마치 만화 캐릭터 짱구가 영원히 유치원생인 것을 당연하게 생각하는 것처럼.

다만, 효의 측면에서는 논란이 있었다.

"자기 부모님을 가상 세계로 보내놓고는, 갱신도 안 해줘? 부모님을 버린 거랑 무슨 차이야, 그게?"
"…"

그럼에도 불구하고, 갱신을 늦추는 사람들은 늘어만 갔다. 가상 세계에 접속해 부모님의 모습을 살피는 빈도도 점점 줄어만 갔다.
참 신기하게도 똑같았다. 현실에서 부모님을 찾아뵙지 않던, 신경 쓰지 않던 그 모습들이, 가상현실에 모셔두고도 똑같이 나타난 것이다.
혹자는 이 서비스를 한마디로 표현했다.

"마음속 죄책감에, 할 만큼 했다는 면죄부를 부여하는 것."

.
.
.

"아빠!"

디지털 고려장

미술 학원에서 나온 김진주가 김남우의 차를 발견하고 달려
갔다.

김진주가 올라타자, 출발하는 자동차.

김남우는 가방을 뒤적이는 딸을 힐끔 보며 말했다.

"저녁 먹고 들어갈까?"

"아, 진짜? 아빠, 나 육회! 육회!"

"육회? 흠. 그래, 엄마한테 전화해봐."

김진주는 룰루랄라 스마트폰으로 메시지를 보냈다.

"오늘 왜 일찍 마쳤다고?"

"아, 선생님이 뇌 스캔 하셔서 하루 쉬신대."

"그래? 선생님 부모님도 이주하셨나 보네?"

"응응."

문자를 다 보낸 김진주가 옆을 돌아보며 말했다.

"이번에 정부에서 할인해준다던데? 우리는 안 해?"

"…글쎄."

"할아버지는 아직도 날 중학생이라고 아실 것 아냐! 나 작년
에 수상했던 일도 할아버지가 아시면 좋을 텐데."

"…"

김남우는 약간 불편한 얼굴이 되었다가, 김진주에게 말했다.

"아빠는 머리 아파서 뇌 스캔이 별로… 너 대학교 입학하면 그때 하자."
"음…"

김진주는 김남우의 눈치를 살피다 조심스럽게 물었다.

"아빠는 할아버지가 그렇게 미워?"
"…"
"그래서 가상 지구로 보내버린 거야?"
"…아니야. 할아버지 건강도 안 좋으시고, 이제 남은 삶은 편하게 지내시라고 보내드렸어. 거기서 더 행복하실 거야."
"흐음…"

김진주는 작게 고개를 끄덕이고, 더는 말이 없었다.
김남우의 표정은 조금 굳어 있었다.

.
.
.

"너무 맛있다!"

입안에서 녹는다는 듯, 함박웃음을 지으며 육회를 먹는 김진주. 그 과장된 애교에 김남우의 얼굴에 웃음이 피었다.

조명 밝은 육회집. 손님이 몇 없어 불안했지만, 다행히 맛은 괜찮았다.

"누굴 닮아서 그렇게 날것을 좋아하나?"
"아빠 닮았지 뭐!"

헤헤거리며 육회를 입에 물고 음미하던 김진주가 이어 말했다.

"아니면, 할아버지 닮았나?"
"흠…"

김남우도 육회를 집으며 말했다.

"하긴, 좋아하셨지. 술안주로 딱이라고."
"…"

육회를 우물거리는 김남우. 테이블에 술은 없었다. 그는 알코올중독이던 아버지의 영향으로, 술은 입에도 대지 않았다.

3년 전까지는 말이다.

승진하면서 어쩔 수 없이, 술을 마실 수밖에 없었다. 그렇게나 혐오하던 술을 마신다는 것에 엄청난 거부감이 있었지만, 피는 못 속인다던가? 술이 너무나 잘 맞았다.

김진주는 가만히 김남우를 바라보다가 진지하게 말했다.

"아빠. 올해는 할아버지… 갱신하자. 아빠 술 먹는 것, 할아버지한테 들킬까 봐 그래?"

"…"

"괜찮아. 이해해주실 거야. 언제까지 4년 전의 우리와 살게 놔둘 순 없잖아?"

"…"

김남우는 대답 없이, 굳은 표정을 지었다.

불편한 옛 기억이 떠올랐다.

.
.
.

[그러니까 이주하시라고요!]

[이 불효막심한 놈! 차라리 아비를 죽여라! 가상현실은 개뿔, 그게 아비를 죽이는 짓이지!]

[아니라니까 몇 번을 말씀드려요? 아버지한테도 그게 좋다고요! 아버지 건강 상태로 지금 몇 년이나 더 사실 것 같아요? 예?]

[차라리 여기서 죽으면 죽었지, 그런 데는 안 가!]

[제가 힘들어서 그래요! 제가! 예? 아버지 맨날 술 먹는 거! 술 먹고 난리 피우시는 거! 제가 그 꼬락서니 보는 게 너무 힘들다고요, 좀!]

[…]

[제가 왜 아버지랑 같이 안 사는 줄 알아요? 창피해서 그래요! 여우한테도 창피하고, 진주한테도 창피하고! 아버진 안 창피해요? 그렇게 매일같이 술만 먹는 게, 예? 아버지 때문에 돌아가신 어머니한테 창피하지도 않냐고요!]

[…]

[그러니까… 이주하세요. 이제 더는 아버지를 못 챙겨드려요. 더는… 못 해요. 안 해요.]

[…]

.
.
.

김진주는 뭐라고 확답을 하지 못하는 김남우에게 안타까운 얼굴로 말했다.

"아빠… 사람들이 디지털 고려장이라고 욕할 때도, 나는 아니라고 생각했어. 몸도 불편하신 할아버지, 좋은 곳에서 온 가족과 함께 건강하게 오래오래 지내실 수 있으니까 좋은 거라고 생각했어. 근데, 이러면 아니야. 나는 내가 언제 고등학교에 입학하고, 무엇을 좋아하게 되고, 무엇을 하게 되고, 우리 가족들이 어디를 여행하고… 이런 거 다 할아버지랑 함께하고 싶어. 응?"

"…"

김남우는 끝내, 확답을 하지 않았다.

:
:

주말의 이른 아침. 임여우와 김진주가 거실에서 TV를 보고 있었다. 뉴스를 보며 대화를 하는 모녀.

"뇌 스캔 할인 기간이 일주일밖에 안 남았네."
"아빠는 아직도 싫대?"
"그런가 보다."
"에이."

김진주는 생각난 김에, 스마트폰을 집어 들고 할아버지에게 접속했다.
힐끔 보며 묻는 임여우.

"일어나셨어?"
"어. 식사하고 계시네."

화면 속 할아버지는 가족들과 식사 중이었다. 4년 전의 임여우, 김남우, 김진주와 함께.

"우리도 밥 먹자. 아빠 깨워라."

임여우가 주방으로 향하고, 김진주가 안방으로 향했다.

디지털 고려장

:
:

북엇국이 차려진 3인 가족의 아침 식탁.
김남우가 숙취에 괴로운 얼굴로 북엇국을 한 숟갈 떠먹었다.

"으흠음…"
"그러게 술 좀 작작 마시지 그랬어!"

임여우가 눈을 흘기며 말하자, 김남우는 눈두덩을 손바닥으로 꾹꾹 눌렀다.

"사장님이 안 가니까 어쩔 수가 없었어."
"으이구."

그때, 김진주가 돌연 큰 목소리로 말했다.

"아빠! 뇌 스캔 할인 기간이 일주일 남았대!"
"그… 그래?"
"그 안에 갱신하러 가자!"
"으흐음…"

이번에도 대답을 회피하는 김남우의 모습에, 김진주가 뽀로통하게 말했다.

"아빠! 아빠는 나중에 늙어서 이주했을 때, 내가 뇌 스캔 갱신을 안 해주면 좋겠어?"

"뭐?"

딸을 돌아보는 김남우의 표정이 멍했다. 생각지도 못했던 이야기였다.

가상 세계로의 이주. 자신도 늙었을 때, 아버지처럼 그곳에 이주하게 된다고?

"…"

거부감이 들었다. 싫었고, 서운했다.

동시에, 자신의 감정이 혐오스러웠다. 아버지를 강제로 떠밀다시피 이주시켜놓고, 자신은 싫다? 우스운 얘기다.

하지만, 자신은 아버지와 달랐다. 알코올중독자도 아니고, 늙어서 자식들에게 짐이 될 것 같지도 않았다. 막연하지만 그랬다.

"아빠?"

"아…"

아니다. 다르지 않을지도 모른다. 지금도 이렇게 숙취에 절어서 괴로워하고 있지 않은가? 미래를 어떻게 장담하는가?

자신도 늙으면 아버지처럼 가상 세계로 이주해야 할지도 몰랐다. 무엇보다, 지금 딸의 표정이 그랬다.

너무 자연스러웠고, 당연했다. 전혀 나쁜 말을 한 것 같은 얼굴이 아니었다.

하긴, 아주 어릴 적부터 할아버지가 가상 세계에 있는 걸 봐 왔으니, 딸에게는 당연한 문화일지도 모른다.

쓸쓸했다. 그 옛날 고려장 이야기와 다를 게 없었다.

"…내년에 너 대학교 가고 나서. 그때 하자."
"아이, 아빠!"

김남우는 일부러 북엇국을 들이켜며 대화를 중단했다.
새삼, 자신의 미래를 생각해보느라 머릿속이 복잡해졌다.

⋮
⋮

화장실에 홀로 앉은 김남우가 스마트폰으로 아버지의 영상을 보고 있었다.

"…"

영상 속 아버지는 웃고 있었지만, 김남우의 얼굴은 굳어 있었다.

어쩌면 자신도 미래에, 이 손바닥만 한 영상 속에 있을 거라 생각하니 웃을 수 없었다.

괜히 아버지를 보냈을까? 너무 섣부른 행동이었을까? 내 이기심이었을까?

김남우는 화면 속 아버지의 모습을 손가락으로 더듬었다.

"아버지…"

.
.
.

저녁을 먹기 전. 김진주가 황급히 김남우에게 달려갔다.

"아빠! 이거 봐봐!"
"뭘?"

김남우는 김진주가 들이민 핸드폰 화면을 보았다. 가족들과 외식 중인 아버지의 모습이 보였다.
김남우가 어리둥절한 표정을 짓자, 김진주가 소리쳤다.

"여기 테이블을 봐봐! 이상하지 않아?"

"글쎄?"

"아이! 육회집인데 술이 없잖아, 술이! 할아버지 술 끊으셨나
봐!"

"뭐?"

놀라 커진 김남우의 눈이 영상으로 향했다. 확실히 술이 없
었다.

"그럴 리가… 그럴 양반이 아닌데?"

"아니야, 생각해보니까 나 최근에 할아버지가 술 드시는 모습
한 번도 못 봤어! 진짜 끊으셨나 봐!"

"…"

김남우의 눈동자가 흔들렸다. 하루라도 술 없인 못 살던 아버
지가 술을 끊었다고?

"술을 끊으셨을 리가 없어. 가게에 술을 안 파나 보지."

"아니라니까!"

"모르겠다."

김남우는 고개를 저었다. 자신의 기준으로는 절대 있을 수 없
는 일이었다.

.
.
.
.

"…"

　김남우의 사무실. 모니터 한쪽에 띄워둔 영상을 보는 김남우의 얼굴이 굳어 있었다.
　김남우는 어제부터 온종일 아버지를 보고 있었다.
　한데, 아버지가 술을 먹지 않았다. 그렇게 죽고 못 살던 술을 한 모금도 하지 않는 것이다.

　왜? 김남우의 마음은 의문으로 가득했다.
　어머니가 돌아가실 때도 끊지 못했던 술이다. 그런데 도대체 어떻게 끊었단 말인가?

　김남우는 묻고 싶었다. 왜 술을 끊었냐고. 왜 이제 와서야 술을 끊었냐고!
　그러나 물을 수 없었다. 가상 세계의 아버지와 만날 방법이 없었다. 되돌릴 수 없었다.

"하아…"

　조금, 후회됐다.
　자신은 아버지를 왜 그리도 급하게 이주시켰을까?

아버지는 영원히 술을 끊지 못할 거라고, 알코올중독 아버지를 감당할 자신이 없다고?

김남우의 얼굴에 불편한 기색이 스쳤다.
오늘은, 술을 마셔야 할 것만 같았다.

⋮
⋮

"나 왔어!"

현관문을 열고 들어오는 김남우는 이미 만취 상태였다.

"윽! 술 냄새!"
"우리 딸!"

김남우는 딸을 안았고, 김진주는 코를 막으며 인상을 찌푸렸다.

"아, 무슨 술을 이렇게 마셨어!"
"어이구, 예쁜 우리 딸!"
"아이, 술 냄새 나!"

김진주를 억지로 안고서 푸념하던 김남우가, 나지막이 중얼거렸다.

"아빠 보내지 마라."

"뭐?"

"푸흐."

"뭐를?"

김진주는 김남우의 품에서 벗어나 의아하다는 듯이 물었다.

가만히 딸을 바라보던 김남우.

"아빠… 가기 싫다. 아빠가 늙어도, 가상 지구로 보내지 마. 아빠 가기 싫어… 할아버지처럼, 그렇게 영영 떨어지기 싫어…"

"…"

김남우의 눈시울이 붉어졌다.

김진주는 말없이 김남우를 바라보다가, 말했다.

"걱정하지 마, 아빠. 나는 꼭 1년에 한 번씩 갱신해줄 거야."

"!"

김남우의 두 눈이 흔들렸다.

김진주는 아무렇지도 않은 얼굴로 말했다.

"내 아바타는 항상 아빠랑 함께 늙어갈 거니까. 아무 걱정하지 마!"

"…"

너무 당당한 딸의 목소리에 김남우는 할 말을 잃었다.

⋮

불이 꺼진 방 안. 김남우가 허탈한 얼굴로 천장을 바라보았다.
아버지도 그랬을까? 이주를 권했을 때 아버지의 기분이 이랬을까?
아버지가 불같이 화를 내며 반대했던 그 심정을 알 것만 같았다.

"…"

그런데, 아버지는 어떻게 결심했을까? 그렇게나 싫어하다가, 왜 갑자기 마음을 바꿔서 이주한다고 했을까?
혹시 그 이유가 체념 때문일까, 김남우는 가슴이 아파왔다.

⋮

"아빠! 오늘이 마지막 할인! 내일부터는 정가 다 내야 돼!"
"…"

김남우는 딸의 얼굴을 보았다. 고등학생으로 잘 자라서 똘똘해진 딸. 아버지에게도 보여주는 게 맞다고 생각했다.

하지만,

"내년에. 너 대학 입학하고 나면 하자."

"에이, 참!"

김남우는 확실하게 거부했다. 김진주도 입술을 삐죽일 뿐, 더는 권하지 않았다.

"흥! 나도 나중에 아빠 갱신 잘 안 해줄 거야!"

"하하."

삐져서 가버리는 딸을 보며, 김남우는 쓴웃음을 흘렸다.

자신도 왜 뇌 스캔을 거부하고 싶은지는 잘 몰랐다.

아마, 술을 증오하는 4년 전의 자신을 아버지 곁에 두고 싶어서가 아닐까? 지금처럼 술을 즐기는 자신을 아버지에게 보여주고 싶지 않아서 말이다.

김남우는 스마트폰을 꺼내어 아버지의 일상에 접속했다.

영상 속 아버지는 가족들과 함께 마트에서 쇼핑 중이었다.

주류 코너를 무심히 지나가는 가족들.

"…"

　김남우는 어쩌면, 아버지가 술을 끊은 건 저렇게 가족들과 함께 살아서일지도 모르겠다고 생각했다.
　자신은 술을 끊으라고 닦달하며 원망만 했지, 혼자 사는 아버지를 제대로 찾아가지도 않았다.
　과연 자신은 아버지를 정말로 원망하고 있었을까, 아니면 원망하고 싶었던 걸까?

"아버지…"

　전해지지 않을 김남우의 목소리가 스마트폰 속 아버지에게로 향했다.

"끝까지 반대하지 그러셨어요…"

⋮
⋮

　김남우는 꿈을 꾸었다.
　아버지를 설득하던 그날의 꿈을 꾸었다.

[이주하세요. 이제 더는 아버지를 못 챙겨드려요. 더는… 못 해요. 안 해요.]

[…싫다니깨!]

[아버지… 정말로 더는 아버지를 못 챙겨드려요. 아버지 저… 암이에요.]

[…]

:

[가상현실 가족 도입 13년 차! 아직까지도 디지털 고려장이라는 불명예스러운 별명으로 불리고 있는데요…]

TV 뉴스를 보던 김남우의 표정이 조금 불편해졌다.
옆에서 그의 아내 임여우가 말을 걸었다.

"올해는 아버님 업데이트하러 가봐야 하지 않아? 벌써 5년째 안 했잖아."

김남우는 잠깐 고민하다가, 고개를 저었다.

"내년에 하자고… 돈도 없는데."
"2년 전에도 그렇게 말해놓고."
"내년에 내년에. 올해는 진주 대학도 있고, 돈 들어갈 때가 너무 많아."
"…"

김남우는 문득 스마트폰을 들어, 오랜만에 가상 세계로 접속했다.

영상 속의 아버지 모습은 행복해 보였다.

아들, 며느리, 손녀와 함께 고깃집에서 웃으며 외식을 하는 모습이 말이다.

"…좋아 보이시네."

김남우는 고개를 끄덕였다.

소녀와 소년, 누구를 선택해야 하는가?

모녀는 무작정 서쪽으로 걸었다.

핵전쟁으로 폐허가 된 세상.
소문에 의하면, 살아남은 인류 최후의 지성들이 모여 만든 높은 벽이 하나 있다고 했다.

약탈이 없고, 폭력이 없고, 굶주림이 없는 벽 너머 세상.
법이 있고, 병원이 있고, 논과 밭이 있는 벽 너머 세상.

지친 어미는 어린 딸을 달래가며 그곳을 향해 걷고 또 걸었다. 쉽지 않은 여정이었다.
항상 배고픔과 싸워야 했고, 같은 인간끼리의 위협으로부터 도망쳐야 했다.

하지만 끝내, 지친 어미는 벽을 보지 못하고 쓰러지고 말았다.

고열로 정신이 오락가락하는 와중에도, 어미는 딸의 앞날을 걱정했다.

"서쪽으로 가야 한다. 해가 지는 쪽. 알지? 서쪽으로 걷거라."

"엄마!"

"들쥐처럼 숨어 다녀야 한다. 누구에게도 들키지 말고. 누구에게도 기대지 말고 혼자서."

"아아아~ 엄마!"

울고 불며 매달리는 딸을 달래고 싶었을까, 어미는 품에 숨겨둔 초코바 하나를 꺼냈다.

원래는 딸의 생일 선물로 주고 싶었던 초코바였다. 그게 아니더라도, 최후의 최후까지 아껴두었다가 딸이 더 이상 움직이지 못할 정도로 지쳤을 때, 그때 건네주고 싶었던 초코바였다.

"아끼고 아껴서 정말로 참을 수 없을 만큼 배가 고파지면, 그때 먹어."

"엄마!"

메말라버린 줄 알았던 눈물을 펑펑 흘리는 딸의 머리를 쓰다듬으며, 어미는 웃었다.

"엄마가 미리 주는 생일 선물이야… 우리 딸 잘 참아서. 우리 딸 생일이 오면, 그때까지 살 수만 있으면 좋으련만… 생일 축하한다."

어미는 그 말을 끝으로 눈을 감았다.

"엄마!"

더는 말을 뱉어내지 못하고 숨찬 호흡만 내쉬던 여인은, 하루가 지나자 숨마저도 뱉어내지 못했다.
하루를 더 어미 곁에서 울던 딸은, 서쪽으로 걸었다.
어미의 말대로 들쥐처럼 숨어서, 배고픔을 참고 참아가며.

⋮

소년과 무리는 서쪽으로 걸었다.

그들 무리의 리더는 현명한 사람이었고, 공평한 굶주림을 통해 균형을 이끌었다.

그들 무리가 선하지는 않았다. 굶주린 이들에게 음식을 나눈 적 없고, 도움이 필요한 이들을 받아들인 적도 없었다.
그래도 그들은 리더의 통제하에 인간성을 지켜냈다. 굶주린 이들과 약한 이들을 약탈하지 않았다.

리더가 내세우는 희망 때문이었다.

"우리는 벽 너머 세계에 도착할 것이고, 그곳에서 시민이 될 것이다. 그 전까지 우리는 짐승이 되어선 안 된다. 인간이어야만 시민이 될 수 있다."

아무리 배가 고프고 힘들더라도, 그들은 인간의 모습으로 서쪽으로 걸었다.

들쥐 한 마리를 잡아도 모두가 나눠 먹는 공평한 굶주림으로, 불가피한 식인 상황에서도 모두가 나눠 먹는 공평한 욕됨으로.

하지만, 소년은 그 공평함이 불만이었다. 소년은 약자였고, 배려받고 싶었다.

무리에서 소년의 눈물은 무기가 되지 않았고, 소년의 아픔은 우선순위가 아니었다.

그래도 소년은 불만을 드러내지 않았다. 소년은 똑똑했다.

남들보다 똑똑했던 소년은, 무리가 거대한 건물 잔해의 그늘에서 쉬던 날, 그 건물이 무엇인지를 알아내었다.

남들보다 한 가지라도 더 아는 것은 항상 중요하다.

소년은 이 상징적인 건물이 어디에 있었던 것인지 알고 있었고, 그래서 여기서부터 벽 너머 세상으로 가는 길이 서쪽이 아니라는 것도 알게 되었다.

　무리의 누구도 몰랐던 중요한 정보를 소년만이 알고 있었지만, 소년은 밝히지 않았다. 소년이 똑똑했기 때문이다.

　소년이 하나 더 알고 있던 사실은, 실은 북쪽으로 가야 하는 그 벽까지의 길이 아주 멀다는 것이었다.

　지금 이 무리로는 절대 버텨낼 수 없을 만큼 말이다.

　그날 밤, 소년은 무리를 이탈했다. 무리가 가진 식량의 전부였던 들쥐 네 마리, 콩 통조림 세 개를 훔쳐 들고서.

　소년의 계산에, 자신 혼자서 식량을 독점한다면 벽에 닿을 가능성이 있어 보였다.

　추적은 걱정 없었다. 아무것도 모르는 그들은, 소년이 서쪽으로 향하리라 생각할 테니까.

　리더가 내세우던 희망과는 다른 희망을 품고, 소년은 북쪽으로 걸었다.

⋮

"아… 아아!"

소녀는 벽에 도달했다.

기대했던 모습과는 달랐다. 고작 한눈에 들어올 정도로 작은 규모의 벽이었다. 커다란 돔구장 하나 정도나 될까?

하지만 소녀는 달렸다. 지칠 대로 지친 몸에 기운을 짜내어 문을 향해 달렸다.

멀리서 눈으로 보던 거리감과는 달라서 금세 지쳐 걸음이 느려졌다가도, 숨이 안정되면 다시 힘껏 달렸다.

이윽고 벽의 문에 도착한 소녀는 울면서 문을 두드렸다. 살았다는 눈물이 아니었다. 어미와의 약속을 지켜냈다는 사실에 흐른 눈물이었다.

그런 소녀의 모습을, 벽 너머 인간들은 모니터 화면으로 확인했다.

"이런… 저 어린것이…"

"어떡합니까? 문을 열어줍니까?"

"으음…"

그들은 고민했다. 벽 너머 세상은 소문만큼 훌륭한 사정이 아니었다. 어린 입 하나 들이는 것도 심각히 고민을 해야 할 만큼.

"이곳은 생존을 위한 계획도시입니다. 현재의 인구도 과합니다. 어제도 한 여인이 낙태했다는 사실을 기억하세요."

"그렇지만 저렇게 어린아이를…"

"비쩍 말라서 뼈만 남은 것 좀 보세요!"

"으음…"

사실, 그들로서도 어쩔 수 없었다. 인류 마지막 지성인 그들의 최종 목표는, 지구의 환경이 돌아올 때까지 동면하는 것이었고, 동면장치의 정원은 이미 가득 차 있었다.

그럼에도 불구하고 지도부는 고민했다. 모니터 너머 소녀의 모습은 많은 이들의 안타까움을 자아냈다.

결국,

"하루만… 의견을 나눠봅시다. 하루만 의견을 모아보고 결정합시다."

"…"

모니터를 보던 사람들은 그것이 최선임을 알기에 더는 아무 말도 하지 않았다. 어쩌면, 회의에서 아이 하나쯤은 받아주자는 말이 나올 수도 있으리라.

한데,

"이, 이런! 아이가 하나 더 오고 있습니다!"

"뭐?"

소년이었다. 북쪽으로 향하던 소년이, 마침내 벽에 도달한 것
이었다.

소년도 소녀처럼 문을 두드리며 울었다. 누가 듣고 있냐고, 듣
고 있으면 제발 열어달라며 울었다.

모니터 너머로 소리는 전달되지 않았지만, 그 몸짓이 하는 말
은 예상이 되었다.

"아이고, 저런…"
"허허, 참…"

대표는 냉정하게 단언했다.

"둘은 절대 안 됩니다. 혹시 가능하다고 해도 한 아이… 한 아
이만 가능합니다."
"…"

그 말에는 모두가 반대할 수 없었다.

둘 중 한 아이. 만약 가능하다고 해도 둘 중 한 아이.
그럼, 누구를 받아주어야만 하는가? 차라리 모두를 버리는 게
덜 잔인하지 않을까?

모니터를 바라보는 사람들의 얼굴이 폐허가 된 세상만큼이나

어두워졌다.

:
:
:

소녀와 소년은 대화를 나누지 않았다.

소녀는 사람을 경계했고, 소년은 소녀가 짐으로 보였다.

그렇지만 열리지 않는 문 앞에서 하룻밤을 보내고 나니, 어쩔 수 없는 동질감이 피어났다.

"왜 문이 열리지 않는 걸까?"

"…몰라."

소녀의 질문에 퉁명스럽게 대답했지만, 소년은 여러 가지를 머릿속으로 떠올리고 있었다.

생각보다 실망스러운 벽의 진실. 자신들을 찍고 있는 모습이 보이는 카메라. 그럼에도 불구하고 문이 열리지 않음에 대한 불안감.

꼬르륵.

소녀의 배 속에서 나는 소리가 너무 커서, 소년에게도 똑똑히 들렸다.

소녀와 소년, 누구를 선택해야 하는가?

사실 소년은 콩 통조림 하나를 가지고 있었다. 북쪽의 벽이 예상했던 것보다 가까웠기에 남길 수 있었던 비상식량이었다.

그것을 떠올린 순간, 소년은 소녀가 불편해졌다. 절로 인상이 찌푸려졌다.

자신 혼자라면 이 통조림을 꺼내어 먹겠지만, 소녀가 그것을 본다면? 나눠달라고 매달리면 어떡하지?

벽 너머에서 카메라로 자신들을 보고 있을지 모르는데, 거절할 수 있을까?

생각할수록 짜증 났다. 자신이 어떻게 아끼고 지켜온 통조림인데, 이걸 소녀와 나눠 먹는다고? 절대!

꼬르륵.

이번엔 소년의 배에서 소리가 났지만, 소년은 티 내지 않았다. 통조림을 꺼낼 생각이 없었다.

소녀는 소년을 경계하며 힐끔 훔쳐보았다. 소녀에게도 비상식량이 있었다. 어미가 남겨준 초코바.

생일 선물이라는 어미의 말을 기억했던 소녀는, 아무리 배가 고파도 초코바를 먹지 않았다. 꼭 자신의 생일날 먹을 생각이었다. 바로 내일 말이다.

"…"

"…"

소녀와 소년은 배가 고팠고, 둘 다 식량이 있었지만 참았다.
각자만의 이유로.

.
.
.
.

그 시각, 둘의 모습을 모니터로 지켜보는 사람들이 있었다.

벽 너머 세상의 지도부들은 둘을 바라보며 고민하고 있었다.

"둘 중 누구를 들인단 말입니까? 정녕 둘 다 들일 수는 없는
겁니까?"

"그럴 수 없습니다. 자리가 없지 않습니까? 차라리 둘 모두를
외면합시다. 그게 더 낫습니다."

"아니요. 가능하다면 한 아이라도 받아들입시다. 사실 따지고
보면, 우리 대부분은 나이가 너무 많지 않습니까? 미래를 생각
하자면 이 어린아이의 역할이 중요해질지도 모릅니다."

"그럼 누구를? 도대체 둘 중 누구를?"

"…"

사람들은 침묵했다. 어떻게 선택해야 할지 알 수 없었다.

그들은 그저, 모니터로 아이들의 모습을 지켜보면서 안타까워할 뿐이었다.

그때, 모니터 속 주저앉아 있던 아이들 가운데 하나가 움직이기 시작했다. 그것이 그들의 시선을 끌었다.

：
：

자리에서 일어난 소녀는, 품을 뒤져 초코바 하나를 꺼냈다. 소년의 눈이 휘둥그레져서 초코바를 좇았다. 먼 기억 속에서나 존재하던 물건이었다.

"그!"

소년이 놀라 반응할 때, 소녀는 심각한 얼굴로 초코바를 뜯었다.
어미의 생일 선물이었지만, 내일이 바로 생일이었지만, 배가 너무 고팠다.
아까부터 꼬르륵 소리가 쉼 없이 울리고 있었던 것이다. 본인은 물론이고, 옆의 소년에게서도.

"자."

소녀는 초코바를 반으로 갈라, 소년에게 내밀었다.

소년은 소녀의 마음이 바뀔세라, 낚아채듯 그것을 받아 얼른 입안으로 쑤셔 넣었다.

반면 소녀는 천천히, 경건해 보일 정도로 느리게 초코바를 입에 넣었다. 그 짧은 순간, 어미의 생각이 수없이 스쳤다.

"맛있어… 너무 맛있어. 엄마…"

소녀는 눈물을 글썽이며 초코바를 씹었다. 쉽사리 삼키지 못하고, 아주 오래도록 씹었다.

:
:
:

"…"
"…"

모니터 너머 두 아이의 모습은, 보고 있는 어른들을 씁쓸하게 했다.

이윽고, 상석의 대표가 입을 열었다.

"결정했습니다."

소녀와 소년, 누구를 선택해야 하는가?

모두의 시선이 대표에게로 향했다. 그들은 대표의 결정에 따를 생각이었다.

누구를 받아들이든 대표의 결정은 죄책감을 짊어지는 것이고, 자신들은 차마 할 수 없을 행동이니까.

긴장된 시선을 받으며 대표는 뜸을 들이다가, 한 아이를 호명했다.

"우리는… 남자아이를 받아들입니다."

"아!"

"아…"

"아~"

여기저기서 탄성이 흘렀지만, 반대의 목소리를 내는 이는 없었다. 그만큼 결정의 어려움을 존중했다. 다만, 그 이유가 궁금하긴 했다.

사실, 소녀를 마음에 두고 있었던 이들이 더 많았기에 더욱이.

그것을 아는지, 대표는 차분하고 논리적으로 설명했다.

"저 초코바 때문입니다."

"?"

"소녀가 초코바를 먹고 어떻게 했습니까? 초코바 봉지를 아무렇지도 않게 바닥에 버리지 않았습니까? 쓰레기를 무단 투기

하면 안 되지요.”

“…”

일순간의 침묵이 흐른 뒤, 사람들은 고개를 끄덕였다.

“그렇네. 지킬 건 지켜야지. 그걸 놓쳤네, 내가.”
“맞아. 쓰레기를 아무 데나 버리는 건 도덕적이지 못하지.”
“그럼 그럼. 상황이 핑계가 될 순 없어.”

인류 최고의 지성이라는 벽 너머의 그들은, 대표의 결정에 수
긍했다. 타당하다고 생각했다. 옳은 결정이었다고 판단했다.

지성들은 고개를 끄덕였다. 참으로 훌륭한 결정이었다며, 그
의 공명정대함에 고개를 주억거렸다.

운석의 주인

[현재 운석의 예상 충돌 시기는 약 1년 뒤이며, 그로 인해 지구 생물의 90퍼센트가 멸종될 것으로 보입니다. 나사에서도 그동안 전혀 확인되지 않았던 운석의 출현에 당황하고 있으며, 혹자는 신의 심판을 들먹이며…]

갑작스러운 운석 충돌 소식은 인류를 놀랍다 못해 어이없게 만들었다. 지구가 이렇게 허망하게 멸망할 줄이야!

당장에 전 세계적 지구대책위원회가 설립되어 여러 대책들을 구상했지만, 인류가 기대하는 소식은 쉽사리 들려오지 않았다.

그래도, 예상했던 만큼의 무법천지 세상이 펼쳐지진 않았다. 약탈, 강간, 방화 따위의 소설적 시나리오는 멸망이 당장 코앞에 닥쳐왔을 때나 벌어지는 일들이었다.

오히려 전쟁과 분쟁 같은 무의미한 일들이 사라졌고, 전 세계의 모두가 한마음이 되어 기적 같은 구원이 펼쳐지기를 기원하고 응원했다.

물론, 사회적 파장이 없지는 않았다. 사람들은 자기도 모르게 이런 말을 내뱉었으니까.

"1년 뒤에 세상이 망할지도 모르는데, 이렇게 살 필요가 있나?"

스트레스를 받아가며 일하던 사람들, 모욕을 참아가며 굽신거리던 사람들, 현실에 부딪혀 하기 싫은 일을 하던 사람들, 모두가 그만뒀다. 여행을 떠나고, 하고 싶었던 것을 하고, 쉬고 싶은 만큼 쉬었다.

일하는 사람이 없으니 물가가 치솟았지만, 그만큼 사람의 가치도 치솟았다. 일하는 사람만큼 귀한 사람은 없었다.

그동안 쌓아둔 걸 놓을 수 없었던 기업들은 어떻게든 기업을 유지하고 싶어 했지만, 예전과 같은 대우로는 절대 사람들을 붙잡을 수 없었다. 직원을 하늘같이 여기며 모셔야 할 지경이었다.

서비스직도 마찬가지였다.

"내가 이딴 취급을 당하면서 이 일을 왜 해? 안 해!"

공부만 죽어라 시키던 부모들도, 당장 아이들과의 시간을 늘리는 데에 최선을 다했다. 학교를 아예 안 보내는 사람들도 많았다.

미래를 위해 현재를 희생하던 사람들도 사라졌다. 성공만을 좇으며 인간 같지 않은 삶을 살던 사람들도 사라졌다.

사람들에게 있어 지금 가장 중요한 건, 당장 행복해지는 것이었다.

물론, 그렇지 않은 사람들도 있었다. 욕망을 위해 범죄를 저지르는 사람들, 무슨 일이 있어도 살겠다고 지하 벙커를 만드는 사람들, 물 들어올 때 노 저어야 한다며 더 지독하게 돈에 집착하는 사람들, 이 모든 것이 음모라며 현실을 외면하는 사람들 등등…

한데 그중에서도, 음모론을 뒷받침하는 사건이 벌어졌다.

[긴급 뉴스입니다! 믿을 수 없는 일이 벌어지고 말았습니다! 지구를 향하던 운석의 최종 충돌 예상 위치가 변했습니다!]

"저게 무슨 말이야?"

그동안 과학자들의 계산에 의하면, 운석은 아르헨티나에 떨어지기로 되어 있었다. 그런데 그게 어느 날 갑자기 바뀌었다는 것이었다.

사람들은 기대했다. 혹시 지구를 비켜 나갈까?

기대에 찬 가설들이 펼쳐졌다.

"처음부터 운석은 조작이라고 했잖아! 위치를 바꾸는 운석이 어딨냐?"

"관측 기기의 오류 아니야? 누가 해킹을 했다던가!"

"운석이 아니라, 혹시 우주선 아니야? 방향을 자유자재로 바꾸는 운석이 어딨어?"

그에 대한 나사의 공식 발표는 이랬다.

[사실 그동안에도 운석의 최종 충돌 위치는 조금씩 변하고 있었습니다. 지구 최고의 과학자들이 밤낮으로 계산에 계산을 거듭하며 연구한 결과로, 단순 계산 실수라고 보기는 어렵습니다. 어쩌면, 저 운석은 누군가로부터 조종되고 있는지도 모릅니다.]

많은 걸 의미하고 있는 발표였다. 이 운석 충돌이 누군가의 의도적인 조작이라는 것 아닌가?

"어떤 외계 종족이 지구를 멸망시키려는 건가?"

"신이다! 신께서 노하신 것이다!"

"지구 근처에서 멈춰 설지도 몰라! 외계인의 우주선이고, 관광을 오고 있는 걸지도 모르잖아!"

제기되는 수많은 가능성에서 티끌만 한 희망이라도 찾아보려고 애쓰던 그때,

김남우는 SNS에 글을 하나 올리고 있었다.

[아 쌤! 마지막은 가족들이랑 보내려고 아르헨티나에서 겨우 탈출했더니, 이젠 운석 예상 목적지가 한국이라네ㅋㅋㅋ]

그 SNS를 올릴 때까지만 해도 김남우는 아무 생각이 없었다. 유머로 생각했고, 다른 사람들의 호응도 많이 받았다.

[운석의 최종 위치가 또다시 크게 변했습니다! 다시 한 번 확인된 이 미스터리한 사태는…]

"잉? 뭐야?"

두 번이나 이어진 우연에, 김남우는 SNS에 올릴 만한 사건이 생겼다며 기뻐했다.

[헐 대박ㅋㅋㅋ 운석이 날 따라다니나? 가족들이랑 마지막으로 유럽 여행을 왔더니, 이번엔 또 운석 예상 충돌지가 여기라네ㅋㅋㅋ]

[ㅋㅋㅋ 님, 다시 한국으로 와보세요ㅋㅋㅋ 또 한국에 오는지ㅋㅋㅋ ㅋ]

[예ㅋㅋㅋ 며칠 뒤에 귀국하는데 그때도 따라다니나 봐야겠네 요ㅋㅋㅋ]

이때까지는 누구도 이 일을 심각하게 생각하지 않았다.

[운석의 충돌 위치가 두 번째 예상지였던 한국으로 다시 변경되었 습니다. 이로써 세 번째 대변경이 이루어진 운석의 충돌 위치는⋯]

또다시 운석의 예상 충돌 지점이 한국으로 변했다. 김남우가 한국으로 귀국한 날에 맞춰서 말이다.

김남우의 SNS는 순식간에 성지가 되었다.

[대박! 성지순례!]

[이거 진짜 아니야? 저 사람 따라다니는 것 같은데?]

[이거 농담이 아니라, 진짜 테스트해봐야 하는 거 아냐?]

[운석의 남자네ㄷㄷㄷ]

김남우는 당황했다. 농담 삼아 올렸던 말인데, 그것이 실제로 이루어지다니.

이 사건은 당장 뉴스에까지 나오며, 세계적으로 알려지기에 이르렀다.

그러자 심지어,

"김남우 씨 되십니까?"
"예?"

정부 기관에서 김남우를 찾아왔다.

"서, 설마 운석 때문에 저를 찾아오신 겁니까?"

불안해하는 김남우에게 그들은 별것 아니라는 듯 말했다.

"예. 지금 본인이 주목받고 계신 건 아시죠? 사실, 정부에서도 이 문제로 골치를 앓고 있습니다. 이런 괴소문이 자꾸 퍼지는 것은 바람직한 현상이 아니라서."
"아, 예에…"
"그래서 말인데, 테스트를 한번 해보시는 게 어떻겠습니까? 비용은 정부에서 부담하겠습니다. 본인 입장에서도 이 관심을 빨리 없애시는 게 좋지 않겠습니까?"
"아! 예."

김남우는 쉽게 승낙했다. 안 그래도 자신을 중심으로 퍼져가는 괴담들이 부담스러운 마당이었다.

[운석의 남자! 오늘 밤 미국행! 운석은 과연 이동할 것인가?]

놀랍게도, 김남우의 테스트는 세계적인 관심을 받았다. 그만큼 사람들은 일말의 희망에 목말라 있었다.

"하~ 참나 별…"

김남우는 오늘 밤만 지나면 이 우스운 사태가 끝나리라 생각하며 비행기에 몸을 실었다.

[놀라운 뉴스입니다! 운석의 충돌 예상지가 다시 한 번 변경됐습니다! 운석이 운석의 남자 김남우 씨를 따라다니는 것이 확인됐습니다!]

김남우는 충격으로 할 말을 잃었고, 그를 수행했던 정부 기관에서도 난리가 났다.
전 세계적 지구대책위원회도 회의를 중단하고, 당장 김남우와의 접촉에 나섰다.

김남우가 다시 한 번 한국으로 귀국하면서 운석이 그를 따라다닌다는 사실이 확정되었고, 전 세계 언론이 운석의 남자를 대서특필했다.
그리고, 인류는 기대했다.

"이거, 어쩌면 멸망을 피할 수 있는 거 아니야?"

"저 사람만 쫓아다닌다면 저 사람을 지구에서 내쫓으면 되는 거잖아!"

"살 수 있는 거야? 우리 정말로 살 수 있는 거야?"

희망을 찾았단 소식에 눈물을 흘리는 사람까지 생길 지경이었다.

반면, 김남우는 절망적인 얼굴이 되었다. 자기 뜻과 상관없이 돌아가는 세상에 공포심을 느꼈다.

지구대책위원회에서 내놓은 가장 손쉬운 대책이자 가장 확실한 대책은, 하나였다.

[김남우 씨를 로켓에 태워서 지구 밖으로 보낸다면. 운석이 지구를 피해 갈지도 모릅니다. 당장 발사 준비가 가능한 기지는 미국과 중국, 러시아…]

김남우는 지구에서 가장 엄격한 관리 대상이 되었다. 세계적 보호 시설에 격리돼 극한의 보안 아래 일거수일투족을 감시받았다.

그리고 그곳에 각계각층의 사람이 찾아와 김남우를 설득했다.

"김남우 씨의 희생으로 전 인류의 목숨을 구할 수…"

"김남우 씨의 희생은 전 세계인들의 가슴에 남겨져…"

"사랑하는 가족과 친구들을 생각해보신다면, 그들을 위해서…"

"어마어마한 보상이 이루어질 것이고, 김남우 씨의 이름은 역사에 남겨져…"

"…"

이미 김남우의 희생은 기정사실화되어 있었다. 김남우가 거절한다고 해도, 강제로 로켓에 태워질 상황이었다.

왜 안 그렇겠는가? 김남우 하나로 전 인류를 구할 수 있는 상황인데.

김남우는 매일 밤 울었다. 왜 하필 자신인가? 억울하다고 소리 지르고, 죽기 싫다고 화를 냈다. 그렇지만 운명을 거스를 수 없었다.

가족들의 면회도 김남우가 마음을 추스르고 동의한 뒤에야 겨우 허락되었다.

부모님은 김남우의 손을 잡고 울었다.

"아이구, 남우야! 아이고, 남우야, 안 된다!"

"…"

운석의 주인

울면서도, 어쩔 수 없다는 사실 또한 서로가 잘 알고 있었다.

부모님과의 마지막 면회가 끝나고, 김남우는 우주 비행 훈련에 들어갔다.

하지만 김남우는 건성이었다. 어차피 죽으러 가는데 훈련은 무슨?

김남우의 심정은 말로 설명할 수가 없었다.

자신의 목숨으로 세계를 구할 수 있다면, 기꺼이 바쳐야 하는 게 맞을까? 누구라도 당연히 그리해야 하는 걸까?

"..."

김남우는 알 수 없었다. 알 수 없었지만, 그의 귓가에 세상 사람들의 바람은 들려왔다.

"도대체 로켓은 언제 출발하는 거야? 운석이 다가오고 있다고!"

"아니지! 급하게 보내려다가 로켓이 폭발하기라도 해봐! 김남우는 꼭 우주 멀리 가야 한다고!"

"근데 김남우는 왜 아직도 우리나라에 있어? 미리미리 좀 가 있지!"

"김남우를 죽이면 혹시 운석이 멈출지도 모른다! 일단 김남우를 죽인 뒤에, 안 되면 그 시체를 우주로 보내도 늦지 않다!"

"저 새끼는 왜 하필 운석을 몰고 다녀서 지구를 위기에 빠트려?"

"…"

로켓 발사가 확정된 후, 전 세계인이 주목하는 기자회견이 열렸다.
사람들은 김남우에게 영웅의 연설을 기대했다.
하지만 김남우는 단 한마디 물음만을 던졌다.

"한 사람을 희생해서 모두를 살리는 게 정당합니까?"

"…"

김남우는 대답을 원하지 않는다는 표정을 짓고 있었다. 그 얼굴에 대고 변명을 주절거릴 사람도 없었다.

3일 뒤. 전 인류가 주목하는 가운데 로켓 발사 카운트다운이 시작되었다.

10! 9! 8! 7!

사람들은 긴장한 얼굴로 뚫어져라 그 모습을 지켜보았다.

운석의 주인

6! 5! 4! 3!

제발 안전하게 우주 멀리 떠나주길 바랐다.

2! 1! 0! 발사!

모두가 심장이 멎을 정도로 숨죽인 그 순간, 로켓은 무사히 하늘로 솟아올랐다!

"와아아!"

사람들은 환호했다! 기쁨의 눈물을 흘렸다! 얼싸안고 소리 질렀다!

[성공입니다! 로켓이 성층권을 통과해, 지구를 벗어났습니다!]

"으아아아!"

인류는 만세를 불렀다. 블록버스터 영화의 한 장면과 같이 환호했다. 모든 것이 환호의 대상이었다. 운석의 방향이 변해간다는 사실을 확인한 뒤 또 환호했고, 위대한 희생자 김남우를 기리며 또 환호했다.

왕복 계획이 없었던 김남우의 로켓은 앞으로 쭉쭉 뻗어나갔다. 환호로 시끄러운 지구에서 최대한 멀리, 아무것도 없는 곳을 향해 끝없이 뻗어나갔다.

　그곳은 조용한 곳이었고, 그곳으로 가는 김남우도 조용했다.

　"…"

　실로 고독한 항해였다.

⋮
⋮

　[긴급 속보입니다! 지구가! 지구가 움직이고 있습니다! 그 방향은!]

　지구가 움직이고 있었다. 자신을 떠나간 행성의 주인을 따라서, 아무것도 없는 조용한 곳으로, 고독한 항해사를 따라서.

보물은 쓸 줄 아는 사람에게 주어져야 한다

김 대리는 정 대리가 이상했다.

자신이 잘 알던 정 대리는, 인기도 없고, 잦은 실수로 항상 상사에게 욕을 먹고, 늘 표정이 우울한 친구였다.

그런데 요즘 왜 저렇게 싱글벙글한 걸까?

"정 대리! 요즘 뭐, 좋은 일 있어?"

"아니."

"그러지 말고, 말해봐. 여자 친구라도 생겼어?"

"아니라니까, 하하."

"그럼 뭔데 그래? 장 부장한테 그렇게 욕을 먹고도 싱글벙글이야? 별로 잘못한 것도 없이 욕먹었잖아?"

"장 부장? 뭐 그럴 수도 있지! 그 양반도 인간인데 스트레스

쌓이는 일 하나 없었겠어?"

"뭐?"

당황스러운 대답에, 김 대리는 정 대리가 로또라도 당첨됐나 싶었다. 종일 붙잡고 끈질기게 물어보자, 정 대리는 어쩔 수 없다는 듯 퇴근 후에 자기 집으로 김 대리를 초대했다.

원룸에 들어선 김 대리는 의아했다. 도대체 뭘 보여주려고?
정 대리는 곧장, 책상에 올려둔 은빛의 원구로 향했다.

"음? 뭐야, 그거?"

머리통보다 조금 큰 쇠구슬은 무척이나 고급스러워 보였는데, 가까이서 보니 원구에 그림이 그려져 있었다.

"지구본? 지구본이네? 요즘 지구본은 이렇게 나오나?"

신기해서 만져보려다 손을 잡혀 저지당하는 김 대리! 이어진 정 대리의 설명은 그를 황당하게 했다.

"안 돼! 만지면 그 지역에 비가 내린다고!"
"뭐? 만지는 곳에 비가 내린다고?"
"그래! 이건, 비의 구슬이야! 너 요즘 뉴스 봤지? 아프리카 가

보물은 쓸 줄 아는 사람에게 주어져야 한다

품 해결 뉴스! 그거 다 내 작품이야!"

"…"

김 대리는 순간, 정 대리의 정신 상태를 의심했다. 혹은 어리바리한 정 대리가 또 누군가에게 사기를 당했다던가?

그 표정을 읽었는지 곧바로 방의 창문을 여는 정 대리.

"잘 봐!"

정 대리의 손가락이 조심스럽게 구슬의 대한민국 쪽을 누르자,

쏴아아아.

순식간에 창밖으로 비가 쏟아져 내렸다.

김 대리는 너무 놀라 입이 떡 벌어졌다.

정 대리가 손을 떼자마자 창밖의 비가 멈췄다.

"이렇게 내가 지구 곳곳의 가뭄도 해결해주고, 미세 먼지가 많은 날이면 비로 정화도 시키곤 해! 지구를 관리하는 비의 신이라고나 할까? 하하하하."

김 대리는 정 대리가 최근에 보인 자신감이 무엇 때문인지 알

게 되었다. 저런 구슬이 있다면 사회생활의 모든 것들이 다 사소하게 보이겠지!

정 대리에게서 절대 비밀이라는 말을 듣고서 집으로 돌아오는 길. 김 대리의 머릿속은 온통 구슬 생각뿐이었다.

멍청한 정 대리는 한낱 영웅심이나 즐기고 있지만, 자신이라면 다르다. 저런 구슬만 있다면 자신은 떼돈을 벌 자신이 있었다. 어쩌면 세계 최고의 부자가 될 수도 있었다.

그런 구슬을 가지고도 고작 미세 먼지나 가라앉히는 데 쓰고있으니! 자신이 다 답답했다.

생각하고, 생각하고, 생각할수록 아까운 김 대리. 무언가를 결심하는 그의 눈빛이 서늘하게 빛났다.

⋮

김 대리는 곧장 철물을 제작하는 곳을 수소문했다. 겉모양이 똑같은 가짜를 만들어 바꿔치기할 속셈이었다.

그때, 완성된 가짜는 일부러 쪼개놓는다. 쇠구슬이 책상에서 떨어져 부서졌고, 그래서 힘을 잃은 것처럼 하기 위해서였다.

애초에 원리를 모르는데, 부서져서 능력이 발휘되지 않는다

보물은 쓸 줄 아는 사람에게 주어져야 한다

한들 정 대리가 알아챌 수 있겠는가? 게다가 조금 모양이 다르더라도, 신비한 힘이 빠져나가서 그런가 보다 할 수도 있다.

생각보다 제작에 큰돈이 들었고 시간도 많이 걸렸지만, 김 대리는 쇠구슬을 비슷하게 완성했다.

정 대리의 집 열쇠도 몰래 복사하여 기회를 엿보던 김 대리는, 회식 날 집에 큰일이 생긴 것처럼 전화를 받고 급히 빠져나갔다.

곧장 정 대리의 집으로 향한 김 대리는, 준비해 간 가방에서 부서진 쇠구슬을 꺼내어 책상 앞에 떨궈놓았다. 그러고는 가방 안에 진짜를 넣고, 뒤도 보지 않고 방을 빠져나왔다.

"흐흐흐!"

차를 몰고 집으로 향하는 김 대리의 얼굴은 흥분되어 있었다. 옆에 놓아둔 가방을 힐끔거릴 때마다 절로 웃음이 흘렀다.

세상을 다 가진 이 기분! 정 대리의 심정도 이해가 갔다. 물론, 멍청한 정 대리와 자신은 이 구슬을 쓰는 법 자체가 다르겠지만!

보물은, 어울리는 사람에게 주어져야 보물인 법이다.

"뭐야, 왜 이래…"

김 대리의 얼굴에 당혹감이 가득했다. 김 대리는 집으로 오자마자 화장실에 숨어서 쇠구슬을 테스트해보았다. 그런데 아무리 대한민국 위를 눌러도 비가 내리지 않았다.

다시 한 번 대한민국 위를, 혹시나 싶어 일본, 미국, 온 나라를 꾹꾹 눌러보았지만, 비는 내리지 않았다.

당황스러운 그의 머릿속에 수많은 가능성이 오갔다. 무언가 주문 같은 게 있나? 따로 숨겨진 사용법이 있는 걸까? 다른 물건과 세트인가? 정 대리의 집에서만 가능한가? 설마… 정 대리만 가능한가?

"이런 씨!"

이미 가짜 쇠구슬 제작에 들어간 돈만 수백만 원이었다. 이것이 단지 쇳덩어리에 불과하다면?

분노한 김 대리가 마구잡이로 지도 위를 눌러댔지만, 날씨는 전혀 변하지 않았다.

머리를 싸매고 욕을 내뱉던 김 대리는 당장 화장실을 나섰다.

보물은 쓸 줄 아는 사람에게 주어져야 한다

"여보! 여보!"

아내에게 시켜볼 생각이었다. 아직 아내에게는 비밀이었지만, 아내는 가능할 수도 있다.

"뭔데 그래? 아까부터 화장실에서 뭐 했어?"

김 대리는 소파의 아내에게 다가가서 얼른 지도 위를 손가락으로 누르게 했다.
그러나, 베란다 밖을 뚫어져라 쳐다보아도 비는 내리지 않았다.

"이런 젠장할!"
"뭔데 그래? 이건 또 무슨 지구본이야? 설마 당신, 이거 샀어? 얼마 줬는데?"

비싸 보이는 지구본의 모습에 인상을 찌푸리는 아내.
김 대리의 얼굴은 짜증으로 가득했다.

"음?"

그러나 아내가 손을 떼자마자 베란다 밖의 하늘이 변한 걸 확인한 김 대리.

"자, 잠깐! 다시 한 번 손가락 대봐!"

"뭔데 그래?"

"아, 얼른!"

얼굴을 찡그리며 다시 대한민국 위를 누르는 아내. 그러자,

"구름! 구름이 많아지고 있어! 그래! 구름이 많아지고 있다고!"

"?"

창밖으로 비는 내리지 않았지만, 구름들이 모이는 모습이 보였다!

"사람마다 그 힘이 다르구나!"

"아, 뭐냐니까?"

모든 사정을 설명하는 김 대리. 처음에는 믿지 않던 아내도, 창밖을 유심히 관찰하며 테스트해본 결과 그의 말을 믿게 되었다.

"어머 세상에! 그러면?"

"그래! 이것만 있으면 떼부자가 될 수 있다니까!"

"어머어머어머!"

보물은 쓸 줄 아는 사람에게 주어져야 한다

부부는 호들갑을 떨었지만, 곧 김 대리는 고민에 잠겼다.

"아, 근데 힘이 약해. 비를 내리게 할 수 있는 게 좋은데 말이야. 구름만 쌓여서 뭘 하지? 그렇다고 정 대리처럼 멍청하게 다른 사람에게 보여줄 수도 없고…"

비가 내리게 하려면 부부가 아닌 다른 사람을 끌어들이는 수밖에 없는데, 김 대리는 그게 마음에 들지 않았다.

"여보! 우리 아기도 시켜볼까?"
"음? 아, 그렇지!"

쇠구슬을 들고 얼른 아기방으로 향하는 부부.
범퍼 침대 안에 갓난아기가 잠들어 있었다.

조심스럽게 아기의 옆에 쇠구슬을 내려놓는 김 대리.

"여보! 베란다에 가서 비 오나 안 오나 확인해봐!"
"응!"

아기의 손을 들고 준비하던 김 대리는 아내가 베란다로 가자마자 아기의 손을 대한민국 위에 올렸다.

쿠르르르르!

"어어어어?"
"꺄아악!"

온 세상이 흔들렸다. 지진이었다.
주저앉은 김 대리 옆에 있던 책장이 넘어지며 그를 덮쳤다.

"커허억!"
"꺄아아악! 꺄아아악! 꺄아악!"

베란다를 보던 아내는 비명을 지르며 주저앉았고, 그사이 집 안의 온갖 집기가 미친 듯이 흔들리며 떨어져 나갔다.

"응애애!"

잠에서 깨어 비명을 지르던 아기는 손에 잡히는 쇠구슬을 강하게 움켜쥐었다. 지진은 점점 더 거세어졌다.
그러다 한순간, 크게 기우뚱하는 방.

아파트가 넘어가고 있었다.

"꺄아아악! 여보! 꺄아악!"

보물은 쓸 줄 아는 사람에게 주어져야 한다

"으아아아악!"

김 대리는 꿈에도 몰랐다.

정 대리가 비 오는 날을 가장 좋아했다는 것을 몰랐고,
자신이 맑은 날을 가장 좋아했다는 것을 몰랐고,
아내가 흐린 날을 가장 좋아했다는 것을 몰랐고,
아기가 지진이 있었던 날에, 그 흔들림이 좋아 방긋방긋 웃었
던 것을 몰랐다.

그렇게 자신하던 보물의 사용법을, 그는 최후의 순간까지도
몰랐다.

돈독 오른 예언가

[10분 뒤! 인천 구월동 □□빌딩에서 일어난 화재로 여섯 명이 사
망합니다. 다시 한 번 말합니다. 10분 뒤! 인천 구월동 □□빌딩에서
일어난 화재로 여섯 명이 사망합니다.]

사람들은 사내의 글을 무시했다.

하루에도 수백 개씩 의미 없는 글들이 올라오는 사이트였기
에 더욱 그랬다. 한데 불과 30분 뒤의 뉴스는…

[인천 구월동 □□빌딩에서 일어난 화재로 여섯 명의 사망자가 발
생하여…]

우연히 그의 글을 기억하고 있던 누군가가 호들갑을 떨었다.

[여기 이 글 본 사람? 저 새끼 뭐야? 방화범이야? 주소 링크…]

일종의 성지순례가 시작되었다. 한데, 게시판에 공지된 사내의 다음 행보는 개인 방송이었다.

[개인 방송 오픈합니다.]

수많은 사람들이 몰려들었고, 사내는 당당하게 얼굴을 드러냈다. 그의 설명은 황당했다.

[일종의 신내림 같습니다. 가끔 제 머릿속으로, 어떤 사고가 일어나서 사람들이 몇 명이 죽는지 그 정보가 들어옵니다.]

사람들은 욕을 하고 난리가 났지만, 그는 한 시간 뒤에 또다시 예언했다.
갑자기 눈을 감고 인상을 쓴 그는 중얼거렸다.

[끄으음… 10분 뒤. 서울 성수동 □□백화점 에스컬레이터 붕괴사고 세 명 사망… 피해자는 대학생으로 보이는 세 명.]

사람들은 설마 하면서도, 당장 성수동 백화점으로 신경을 쏟았다. 실시간 검색어도 온통 성수동 백화점으로 도배됐다.

[대박! 진짜 에스컬레이터 무너짐!]
[헐! 미친! 나 백화점인데 진짜임!]

사람들은 깜짝 놀랐다. 더 놀라웠던 것은,

[제가 그 예언 속 대학생입니다! 감사합니다! 덕분에 목숨을 구했습니다!]

예언 속 세 명이 자리를 피해서 목숨을 구했다는 점이었다.
사람들은 이런 게 가능한가 도저히 믿을 수 없었지만, 다음 날 그는 또 하나의 예언을 했다.

[끄으음… 10분 뒤. □□대교 난간 붕괴… 기념사진 촬영 중이던 중국인 관광객 세 명 사망…]

사람들은 난리가 나서 □□대교로 향했다. 가까운 곳에 있던 사람들이 중국인 관광객들을 모두 대피시켰다.

이쯤 되면 믿지 않을 수가 없었다. 사람들은 그의 초능력을 찬양했다.
그러나 사내가 그런 능력을 갖추고도 이제야 세상에 나온 목적은 따로 있었다.
그는 개인 방송에서 공개적으로 요구했다.

돈독 오른 예언가

[앞으로 제가 미리 사고를 예견해서 사람들의 목숨을 구한다면, 정부는 그 대가로 한 사람당 천만 원을 제게 주십시오. 금액 조정은 없습니다. 한 사람의 목숨을 구하는 대가로 천만 원은 무척 싸다고 생각합니다. 만약 조건을 들어주지 않는다면… 앞으로 제가 천기를 거스를 일은 없을 겁니다.]

사람들은 노골적으로 속물적인 그의 모습에 당황했다. 영웅으로 치켜세우려던 움직임이 우뚝 멎을 정도로.

여론은 분분했다.

"미친! 사람 목숨으로 흥정하려 드네!"

"그래도 사람 목숨을 구하는 건데… 천만 원 정도면 줄 만하지 않나?"

"말 몇 마디로 몇천씩 번다고? 누구는 뼈가 부서지도록 일하고 세금까지 내는데!"

"그래도 솔직히 사람 목숨값인데. 거기에 들어가는 세금이라면야 난 괜찮다고 봐. 인명 사고가 일어난 뒤에 벌어지는 모금 활동도 있는데, 예방용 모금이라고 생각하면 되잖아?"

공개적인 요구 이후, 사내는 개인 방송을 틀어놓고 말을 한 마디도 하지 않았다.

채팅으로 사람들이 욕을 하든 애원을 하든, 입을 꾹 다물고 가만히 카메라만 바라보았다.

그리고 3일 만에 대통령의 이름으로 특별 명령이 떨어졌다.

[사람을 목숨을 구하는 데 들어가는 돈이라면 아깝지 않습니다. 정부가 그 능력을 구매하겠습니다.]

그제야 사내는 입을 열었다.

[감사합니다. 입이 근질근질하던 참이었습니다. 하하.]

이후 사내는 방송을 켜놓고 아무렇게나 생활했다. 컴퓨터 앞을 벗어나 TV를 보기도 하고, 외출하기도 하고, 게임을 하기도 했다. 그럼에도 사내의 개인 방송은 항상 사람들로 가득했다.
그리고 다음 날. 다급하게 컴퓨터 앞에 앉은 사내는 외쳤다.

[10분 뒤! □□동 사거리를 지나던 원유차 폭발! 네 명 사망! 급합니다! □□동 사거리를 지나던 원유차 폭발!]

당연히 당장 난리가 났다. 지상파방송까지 긴급 속보를 내보냈고, □□동 사거리에 있던 모두가 대피했다.
하지만 운전 중인 원유차 기사는 대피하지 못했다. 인터넷이나 언론에서는 난리가 났어도, 차 안에서 운전 중인 그는 아무것도 몰랐던 것이다.
10분이라는 시간은 생각보다 짧았다.

돈독 오른 예언가

쾅!

정확히 □□동 사거리에서 원유차가 폭발하고 말았다. 그나마 주변의 모두가 대피했기 때문에, 사망자는 운전자 한 명으로 그쳤다.

사람들은 사내의 소름 돋는 예언에 다시 한 번 놀랐고, 정부는 세 명의 목숨값 3천만 원을 사내에게 지급했다.

전국은 온통 그 얘기로 소란스러웠다.

"진짜 부럽다. 와, 말 몇 마디 하고 3천 벌었네."

"죽을 뻔했다 살아난 세 명은 그 사람한테 진짜 큰절 올려야 해!"

"혹시 나였을까? 나 근처에 있었는데…"

"근데 연봉 얼마 찍을까? 우리나라에 사고가 얼마나 벌어지지? 진짜 한 수십억 찍는 거 아니야?"

이후로도 사내는 사고를 예언하며 사람들의 목숨을 구했다. 누군가가 정리한 숫자로 말하자면, 2천만 원, 5천만 원, 3천만 원, 1억 2천만 원, 7천만 원…

고작 한 달 만에 사내가 살린 사람은 165명이었다. 16억 5천만 원 말이다.

너무나 손쉽게 돈을 버는 것 같은 사내의 모습은 사람들에게 거부감을 일으켰다.

"고작 말 몇 마디 하는 게 뭐가 힘들다고, 참나!"
"저렇게 벌어놓고 기부도 한 번 안 하나? 너무하네!"
"그리고 솔직히, 인원 뻥튀기하는 것 같지 않아? 원래 한 명 죽는 걸 열 명이라고 말해도 우린 모르는 거잖아!"
"맞네! 대박! 그걸 몰랐네? 속이려고 마음만 먹으면 얼마든지 속일 수 있겠네!"

사내에 대한 불만이 커질수록, 정부는 부담이 되었다. 점점 세금으로 사내에게 돈을 지급하는 데에 반감을 품는 사람들이 늘어났다.
고민하던 정부는 결국, 사내와의 거래를 철회했다. 그 대신,

[더는 국민의 세금으로 비용을 지급하지 않겠습니다. 그 대신, 예언 덕에 목숨을 구하신 분들께서 자비로 지급해주시길 바랍니다.]

사람들은 타당하다고 생각했다.

"맞네. 목숨까지 구해줬는데 목숨값 정도는 자기가 내야지."
"그게 맞는 거였지, 처음부터! 나라면 내 목숨 구해준 사람한 테 1억도 줄 수 있겠다!"

사내도 딱히, 돈만 받을 수 있다면 누가 내든 상관없었다.

[10분 뒤! □□번 마을버스, □□동 내리막길에서 전복 사고! 두 명 사망! 당장 라디오로 방송하십시오! 10분 뒤! □□번 마을버스 전복 사고! 두 명 사망!]

사내 덕에 목숨을 구한 사람들은 흔쾌히 돈을 내놓았다. 물론 모두가 그런 건 아니었다.

"뭐야? 천만 원? 내가 왜 돈을 내야 해? 내가 죽긴 왜 죽어. 미친! 못 줘! 안 줘!"

사내는 죽을 사람의 인상착의까지 정확히 지목할 수 있었는데, 그럼에도 그중 몇몇은 사내의 공을 인정하지 않았다.
조금은 이해가 되는 일이기도 했다. 그냥 자신은 여느 때처럼 일상생활을 하다가 잠깐 누군가의 지시에 따랐을 뿐인데, 갑자기 목숨을 구해줬다며 천만 원을 요구하니, 죽음이 실감 나지 않았던 것이다.

사내는 그들과 다투는 것을 즐기지 않았다. 군이 변호사를 선임하지 않는 걸 보니 그런 수고를 귀찮아하는 것처럼도 보였다.
그런 사내의 태도가 계속될수록, 배짱부리는 사람들이 늘어났다.

"솔직히 말해! 나한테 돈 뜯어내려고 나까지 추가한 거지? 원래 나는 사망자 명단에 없었잖아!"

"이! 이! 사이비야! 내가 모시는 신께서 노하신다!"

점점 사내에게 목숨값을 지급하지 않는 사람들이 늘어나자,

[…]

사내는 침묵했다.

하루, 이틀, 사흘…

"뭐야? 왜 저렇게 조용해?"

"이번에 서울에서 사고 나지 않았나?"

"뭐지?"

사내는 한마디도 하지 않았다. 사람들은 사내의 시위를 알아챘지만, 괘씸하게 보는 시선이 많았다.

"그만큼 벌었으면 됐지! 무슨 욕심이 저렇게 많아? 참나!"

"저 악마 같은 놈! 저놈은 지금 살인을 저지르고 있는 거나 마찬가지라고! 구할 수 있는 생명을 일부러 안 구하고 있잖아!"

"까짓, 순리대로 두면 되는 거 아니야? 어차피 저놈이 나타나기 전에도 원래 이렇게 사고가 일어나고 사람들은 죽어나갔다

고! 그동안에도 괜찮았는데 무슨 상관이겠어!"

마치 누군가가 여론이라도 조작한 것처럼, 사내를 욕하는 여론이 급속도로 늘어갔다.
그런 상황에서 일주일 만에 사내가 드디어 입을 열었다.
그의 표정은 담담하고 당당했다.

[여러분. 여러분은 공짜로 일하십니까? 자신의 능력을 무료로 제공합니까?]

"뭐라는 거야, 저거?"
"미친놈. 지금 어디다가 갖다 대는 거야?"

[만약 혹시라도 여러분 중에 그런 분들이 계신다면… 그러지 마시길 바랍니다. 정당한 대가를 당당하게 요구하십시오. 착취당하지 마십시오. 나는 그래도 된다고 수긍하지 마십시오. 자신이 가진 능력에 맞는 당연한 대가를 받길 바랍니다.]

"허 참! 별~"
"예견이나 해, 이 새끼야! 사람 죽이지 말고!"

많은 사람이 사내의 말에 호의적이지 않았다.

[미국에서 제안이 들어왔습니다. 한 사람의 목숨당 3천만 원을 보장해줄 테니 이민을 와달라더군요. 한국인의 목숨이나, 미국인의 목숨이나 똑같이 소중한 목숨입니다. 그동안은 그 고민을 하고 있었습니다. 저는, 그 제안을 수락하기로 했습니다.]

사람들은 당황했다.
이 소식이 전해지자마자 뒤늦게 부랴부랴 정부가 나섰다.

[다시 공식적으로 정부에서 천만 원씩을 지급하기로 했습니다. 부디 나라를 사랑하는 마음으로 결정을 돌려주십사⋯]

그러나 사내의 마음은 이미 떠나 있었다.
그러자 많은 사람들이 그를 매국노라며 욕하기 시작했다.

"저런 매국노 같은! 돈 때문에 나라를 배신해?"
"왜 하필 저런 인성을 가진 놈한테 그런 능력이 주어진 거야?"

반면, 미국에서 바라보는 사내는 신의 축복 그 자체였다.

[만약 와주시기만 한다면, 저희는 당신을 국민 영웅으로 받들어 모실 것이며, 생활에 불편함이 없도록 모든 방면으로 지원해드리겠습니다. 또한 3천만 원의 금액이 적다고 생각하시면 그 액수는 얼마든지 조정해드릴 수 있습니다. 와주시기만 하시면 됩니다!]

돈독 오른 예언가

세계적인 스타들은 물론이고, 미국 대통령까지 직접 사내를 환영하고 나섰다. 거기에 추가로, 다른 강대국들도 사내에게 조건을 내걸기 시작했다.

그제야 사람들은 정신이 번쩍 들기 시작했다.

"생각해보면, 어마어마한 능력 아니었어? 생명을 구할 수 있다는 것 자체가… 그런 사람한테 돈을 아낄 생각을 하다니? 따지고 보면 스포츠 스타, 연예인 등등 연봉이 수십억대인 사람들이 얼마나 많은데 말이야."

"사고를 예방하는 것만 봐도 그래! 그거 복구 비용이나 그런 쪽으로 생각해봐도, 오히려 싼 거 아니야?"

"도대체 어떤 개념 없는 사람들이 돈을 떼먹고 그런 거야? 목숨을 구해줬으면 감사한 줄 알고 얼른 돈을 냈어야지!"

"완전히, 국보를 빼앗기는 거잖아, 이거?"

너무 늦은 여론이었다.

사내는 이미 비행기에 몸을 실었다. 그리고 사내는 마지막으로 말했다.

[10분 뒤. 10분 뒤 한국에서 아까운 인재가 사라집니다. 10분 뒤 한국에서 아까운 인재가 사라집니다.]

한국 사람들에게 낯설지 않은 말이었다.

인간 재활용

두석규 회장은 가족들에게 돈줄이라고 불리는 것에 신경 쓰지 않았다.

그는 가족들과의 시간이 중요하다는 걸 충분히 알면서도, 오직 돈벌이에만 집중했다. 본인 인생의 정체성이 그것이라고 생각했기 때문이다.

하나뿐인 딸이 자신을 돈줄로만 취급해도 후회하지 않았다. 선택은 본인이 한 것이었으니, 그 부작용이야 얼마든지 감수할 수 있었다.

딸이 사망하기 전까진 말이다.

불의의 교통사고는 돈이 많든 적든 상관하지 않고 찾아왔다. 그래서 두석규는 억울했다.

이렇게 돈이 많은데 왜? 왜 일반인들처럼 재수 없게 죽어야 하는가?

두석규는 딸의 죽음을 인정하지 못해 시체를 보존했다. 그는 백방으로 방법을 알아보았다. 냉동 인간부터 인간 복제, 사이비 초능력자들까지.

평생을 바쳐온 기업에도 손을 놓고 오직 그것에만 매달렸다.

전 세계에 존재하는 모든 가능성을 뒤지던 와중, 재활용의 관이라는 걸 알게 되었다.

죽은 지 13일이 되지 않은 시체 세 구를 섞어 넣으면 그중 한 명을 부활시킬 수 있는 관.

제한 시간 13일은 두석규의 마음을 급하게 했다. 미신이고 뭐고, 당장 주술사와 관을 저택으로 들였다.

주술사의 설명은 이랬다.

"각 시체의 머리, 상반신, 하반신을 잘라내어 이 관에 넣으면 셋 중 한 명이 부활합니다. 반드시 13일이 되지 않은 시체들이어야 합니다."

가만히 설명을 듣던 두석규는 가장 중요한 걸 물었다.

"내 딸의 어느 부위를 넣어야 부활할 수 있소?"

"무작위입니다. 누가 부활할지는 저도 알 수 없습니다."

"뭐라? 이런!"

성공률이 3분의 1이라니? 두석규는 고민했다. 이런 미신을 믿어도 될까? 괜히 딸의 시체만 훼손하는 것은 아닐까?

"내 딸을 살릴 수만 있다면, 뭔들 못 해!"

두석규는 미쳤다는 말을 듣더라도 해보기로 했다.

그렇다면 이제 시간이 급했다. 그는 당장 수족들을 모아 소리쳤다.

"죽은 지 13일이 되지 않은 시체 두 구를 구해 와라! 돈은 얼마가 들어도 좋으니, 최대한 싱싱한 시체를! 이왕이면 젊은 시체로 말이다!"

과연 돈의 힘은 대단하여, 그날 밤이 가기 전에 젊은 여성의 시체 두 구를 구할 수 있었다.

여기서 두석규는 수족들을 모아놓고 고민했다.

"어느 부위를 잘라 넣어야 내 딸이 부활할 확률이 높겠는가?"

인간 재활용

누군가 당연하다는 듯 말했다.

"머리입니다. 신체를 지배하는 것은 뇌입니다. 뇌가 없다면 나머지는 그저 고깃덩어리에 불과하지 않습니까?"

누군가 조심스럽게 말했다.

"심장이 있는 상반신이 아니겠습니까? 원래 심장이 주술적인 상징으로도 유명하고, 사람은 역시 마음이지 않습니까."

누군가 생각 끝에 말했다.

"생식기가 있는 하반신입니다. 번식이야말로 동물의 존재 이유, 인간도 결국에는 유전자를 퍼트리기 위한 동물일 뿐입니다."

"음…"

장고 끝에, 두석규는 머리를 선택했다. 그는 직접 도끼를 들고 딸의 시체를 바라보았다.

"네 얼굴을 이렇게 자세히 봤던 적이 언제였는지 모르겠구나. 만약 네가 다시 살아난다면. 그때는 꼭 제대로 된 아비 노릇을 하마. 미안하다."

두석규의 딸은 아비에 의해 머리가 잘렸고, 다른 시체 둘은 머리, 상체, 하체로 삼등분이 되었다.

주술사는 인간형으로 생긴 재활용의 관의 뚜껑을 열었고, 두석규가 직접 딸의 머리를 조심스럽게 놓았다.

곧이어 서로 다른 상체와 하체도 꼭 맞게 관으로 들어가고, 주술사가 뚜껑을 닫았다.

눈을 감고 주문을 읊조리는 주술사. 그의 목소리가 점차 높아지며 주변을 압도하기 시작했다.

주변의 모두가 숨을 죽이며 주술사의 의식을 바라보던 그때, 재활용의 관이 들썩거리기 시작했다.

"헙!"

깜짝 놀라 입을 틀어막는 수족들. 이 짓거리가 정말일 거라 믿었던 이는 아무도 없었던 듯했다.

두석규는 부릅뜬 눈을 한 번도 깜빡이지 않고 목관만 노려보았다. 이윽고,

[차아아아!]

주술사의 마지막 외침과 동시에 목관의 뚜껑이 저절로 열렸다.

자신도 모르게 목관으로 달려가는 두석규.

"혜화야!"

딸의 이름을 불러보지만,

"아아… 아!"

목관에서 눈을 뜬 여자는 그의 딸이 아닌 다른 여자였다.

그녀는 멍하니 풀린 눈으로 두석규를 바라보다가, 발가벗은
자신의 몸을 보고 비명을 질렀다.

"꺄아악?"

눈치 빠른 수족 중 하나가 재빠르게 달려가 여성을 데리고 나
갔다.
망연자실하게 주저앉은 두석규는 그 모든 광경을 멍하니 보고
만 있다가, 고개를 돌려 목 없는 딸의 시체에 시선을 고정했다.
괜히 머리만 사라진 딸의 시체를 바라보며 눈시울이 붉어지
는 두석규.

"으음. 원래 이 말씀은 드리지 않으려 했는데…"

주술사가 두석규에게 다가가 말했다.

"한 번 실패한 시체도, 또 재활용할 수 있습니다."

"그, 그게 정말인가? 정말로 기회가 더 있는가?"

"예. 다만… 두 번째 시도하는 시체의 경우에는 일곱 조각이 필요합니다. 머리, 가슴, 양팔, 둔부, 양다리. 7분의 1의 확률로 부활할 수 있다는 얘기지요. 괜찮겠습니까?"

"그게 무슨 상관인가! 가능성만 있으면 되지!"

"그럼, 이미 부활한 저 시체를 제외하고도 새로운 시체 다섯 구를 더 구하셔야…"

두석규는 당장에 수족들에게 명령을 내렸다.

다음 날. 새로운 시신의 몸 다섯 조각이 재활용 관에 들어갔다.

딸의 심장이 있는 가슴 부분을 준비한 두석규. 간절하게 비는 심정으로 딸의 가슴 부위를 관에 내려놓았다.

주술사에 의해 뚜껑이 닫히고, 어제와 같은 의식이 다시 시작되었다. 조금 더 힘들어 보이는 주술사의 얼굴.

방 안의 모두가 한마음으로 성공을 기원했다.

곧, 재활용의 관이 저절로 들썩였다.

"제발! 제발, 혜화야!"

[차아아아!]

인간 재활용

주술사의 마지막 외침과 함께 목관의 뚜껑이 열리고, 이번에도 달려가는 두석규.

하지만 관에서 일어난 이는 낯선 청년이었다.

"아아…"

영문을 모르겠다는 얼굴로 깨어난 청년이 가까운 두석규를 향해 말을 걸었지만 두석규는 대답하지 않았다. 힘없이 눈물만 흘리고 있는데, 주술사가 다시 말했다.

"여기까지는 정말로 말씀드리지 않는 부분입니다만… 23조각도 가능합니다. 무슨 말인지 아시겠지요?"

두석규는 눈을 번쩍 떴다. 23조각의 시체? 딸이 부활할 수 있는 확률이 23분의 1?

당장에 수족들을 향해 소리치는 두석규.

"어서 나가서 시체를 구해 와! 빨리!"

그러나 수족들은 단번에 뛰쳐나가지 못하고 안절부절못했다.

"아, 뭐 해?"

"저기, 회장님… 이번에 구한 시체도 어렵게 구했는데 말입니다. 지금 당장 그 많은 시체를 어떻게…"

"시끄러워! 못 구할 것 같으면 사람을 죽여서라도 만들어 오
라고! 뭐 해? 빨리들 안 나가?"

막무가내로 고함을 질러대는 두석규의 등쌀에 쫓겨나듯 나가
는 수족들. 그들의 표정이 막막해 보였다.

남겨진 두석규는 딸의 양팔과 하반신을 소중히 수습했다.
23조각 중 어느 부분을 넣을지 생각하면서.

그날 밤. 어렵게 잠이 든 두석규의 꿈속에 딸이 나타났다.

[아빠!]

딸의 모습은 엉망진창이었다. 안면이 뭉개지고, 머리가 쪼개
지고, 다리의 살점이 뜯기고, 배에 구멍이 나고, 손가락이 잘려
나가고…

[혜화야, 이게 어찌 된 일이냐. 혜화야!]

두석규가 황망한 얼굴로 다가가자, 딸은 원망하는 표정으로
쏘아붙였다.

[이게 다 아빠 때문이야! 아빠가 나를 살리려고 한 것 때문에 이렇

게 됐다고!]

　[뭐?]

　딸은 터진 눈으로 펑펑 눈물을 흘리며 소리쳤다.

　[으허어엉! 사람들이 서로 자기가 살아나겠다며 싸우고 있다고! 흐
어어엉!]

　두석규는 딸의 모습에 당황했지만, 이를 악물고 눈빛을 달리
했다. 싸움의 승자가 부활하는 거라고?

　[혜화야! 이겨내야 한다! 넌 할 수 있다! 넌 그들과는 다른 인간이
잖느냐? 그런 평범한 일반인들과는 질적으로 다르단 말이다! 이겨내
거라! 내일은 스무 구가 넘는 시체를…]

　[싫어!]

　[?]

　[제발 그만해! 제발 좀 그만하라고!]

　딸의 끔찍한 비명을 끝으로, 두석규는 꿈에서 깨어났다.

　"…"

　혼란스러운 눈빛으로 꿈을 되짚어보는 두석규. 곧, 날선 눈빛

을 띠며 의지를 단단히 굳혔다.

"혜화야… 넌 할 수 있다!"

다음 날.
두석규의 수족들이 겨우겨우 구한 시체들이 저택에 쌓였다.
일그러진 얼굴로 끔찍하게 시체들을 조각내고 있는 수족들.
한쪽에 선 두석규가 본인 딸의 오른손을 들고, 복잡한 얼굴로
그 모습을 지켜보고 있었다.

"다 끝났습니다, 회장님!"

고개를 끄덕인 두석규는 주술사를 돌아보았고, 주술사가 관
안에 시체를 조립하기 시작했다.
스무 개가 넘는 시체 조각을 일일이 맞춰나가는 모습은, 그리
보기 좋은 광경은 아니었다. 저 살덩어리들이 인간이란 말인가?
그래도 주술사의 솜씨가 좋아서인지, 점차 하나의 인간형이
완성되었다. 그 화룡점정으로 두석규가 딸의 오른손을 놓자, 재
활용의 관이 닫혔다.

예정된 주술사의 의식이 진행되고, 주변의 모두는 지치고 질
린 얼굴로 목관을 바라보았다.
오직 두석규만이 간절한 얼굴로 빌었다. 제발 딸이 이겨내기를!

인간 재활용

[차아아아!]

주술사의 마지막 외침이 끝나고, 관의 뚜껑이 열렸다.

두석규는 이번엔 달려 나가지 않았다. 긴장된 얼굴로 누가 나타날지만 지켜보았다.

"…"

관에서 일어난 이는 30대의 남성이었다. 자신이 왜 여기에 있는지, 아무것도 기억이 나지 않는다는 얼굴로 주변을 둘러보는 남성.

두석규는 허탈한 얼굴로 아무 말도 하지 못하고 그를 바라만 보았다.

주술사는 의식으로 지친 와중에도 다가가 위로를 건넸다.

"죄송합니다. 참, 아쉽게 됐습니다."

두석규는 가만히 주술사를 바라보다가, 힘없는 걸음을 옮겼다.

모두가 그의 뒷모습을 주시할 때, 두석규는 따로 보관하고 있던 딸의 나머지 시체 조각을 애처롭게 쓸었다.

그는 생각했다.

딸을 위한 길이 무엇일까? 나는 오늘도 딸에게 몹쓸 짓을 한 걸까? 내가 딸을 살리고 싶어 하는 건, 딸을 위해서인가 나를 위해서인가?

"…"

무표정하던 두석규의 얼굴이 점점 흉악하게 일그러지더니 돌연, 거침없이 딸의 왼손 새끼손가락 하나를 끊어내는 두석규.
핏발 선 눈으로 주술사를 돌아보며 물었다.

"다음은 몇 명이오? 아직 13일까진 시간이 남아 있소."
"…"

방 안의 모두가 차마 입을 열 수 없을 때, 주술사가 대답했다.

"원래는 절대로 말씀드리지 않는데… 저도 해본 적은 없지만, 예전에 왕이 죽었을 때 47명의 시체를 바쳤단 기록이 남아 있습니다."
"47명이라…"

두석규의 고개가 수족들에게로 돌아가고, 창백해진 얼굴의 수족들이 침을 꿀꺽 삼켰다.

⋮
⋮

인간 재활용

두 번째로 일곱 조각 의식이 이루어지던 그때.

서로 자신이 살아나기 위해서 싸울 준비를 하던 일곱의 영혼들. 그들 중 한 여인이 급히 입을 열었다. 그녀는 첫날 세 조각 의식에서 하반신을 담당했던 여인이었다.

[잠깐만요! 우리 서로 싸우기 전에, 일단 두석규의 딸년을 먼저 죽여놔야 해요. 그래야지 만약 이번에 살아나지 못하더라도, 다음 기회가 계속 생길 테니까요!]

영혼들은 그 의견에 동의했고, 모두가 두석규의 딸을 찢어발기기 위해 모여들었다.

[으으! 아빠, 제발 그만!]

식인 빌딩

유명 대기업의 새로운 본사 빌딩은 완공되자마자 도시의 랜드마크가 되었다.

주변의 역 이름이 ○○ 빌딩 역으로 곧장 바뀔 정도로 말이다.

○○ 빌딩은 신식 건물들이 넘쳐나는 도심 속에서도 유독 사람들의 시선을 끌었는데, 그 외관이 어찌나 아름다운지 마치 시대를 앞선 미래의 건물처럼 보일 정도였다. 사람들 사이에서 빌딩을 배경으로 사진 찍는 게 유행이 될 정도로 이 본사 빌딩은 기업의 자랑이었는데, 하루아침에 명성에 먹칠을 하는 일이 발생하고 말았다.

"저게 뭔가? 누가 감히 우리 빌딩 벽에 낙서를 한 건가!"

밤사이, 빌딩의 한쪽 벽 최상단에 이상한 낙서가 새겨졌다. 커다랗고 새까만 입술이 비틀려 다물어진 그림.

기업의 회장은 노발대발하며 당장 낙서를 지울 것을 명령했다. 한데,

"회장님! 그, 그림이 움직입니다!"

"뭐라?"

빌딩 벽의 입술은 정말 살아 있는 것처럼 움직이고 있었다.

"이, 이게 도대체 무슨 일인가? 그림이 움직이다니?"

놀란 사람들이 무언가 과학적인 추론을 떠올리기도 전에, 새까만 입술이 쩌어억 벌어지며 날카로운 이빨을 드러냈다.

"흐익?"

"저, 저런?

경악한 사람들은 눈앞의 상황을 이해할 수가 없었다.

입술 안에 제멋대로 돋아난 날카로운 이빨과 꿈틀대는 혓바닥은, 빌딩 안쪽의 공간을 무시하는 완벽한 입체였다.

"어어어어? 빌딩이… 빌딩이 움직인다!"

가볍게 몸을 푸는 것처럼 기우뚱대던 빌딩이, 마치 먹이를 노리는 뱀처럼 지상으로 그 커다란 입을 처박았다.

"끄아악!"
"꺄아아악!"

빌딩은 마구잡이로 쾅쾅거리며 도로 위의 차들을 집어삼키고 있었다. 정확히 말하자면, 그 안에 있는 사람들을.

빌딩은 자신의 키가 닿는 모든 거리로 입을 들이밀었다. 매우 유연한 그 사냥 동작은 빠르기까지 했다. 사람들은 빌딩의 습격을 절대 피해내지 못했다.

한데 정말 신기한 일은, 그렇게 날뛰어도 빌딩의 내부는 평온했다는 점이다. 중력과 관성, 모든 법칙을 무시하고 똑바로 멈춰진 빌딩의 상태 그대로였다. 만약 창문 밖을 보지 않았다면 지금 벌어지는 사태를 절대 눈치채지 못했을 정도였다.

"이게 도대체 무슨 일이야?"

모두가 꿈을 꾸는 것은 아닌가 자신의 눈을 의심했던 그 사태는 빌딩 주변에 인간이 존재하지 않게 되자 비로소 멈췄다.

빌딩은 다시 원래의 모양새로 돌아갔다. 한데 빌딩 안에서 누군가 비명을 지르며 뛰쳐나오자마자,

　　　　　　　　　　　　　　　　　　　　　　　　식인 빌딩

쾅!

"끄아악!"

빌딩은 믿을 수 없는 각도로 몸을 꺾으며, 그를 잡아먹었다.

식인 빌딩. 그것만큼 이 빌딩을 정확히 설명해줄 단어는 없었다.

지하를 통해 빠져나가는 것도 마찬가지였다. 빌딩의 그 놀라운 입은 땅속의 사람들도 놓치지 않았고, 조금 뒤엔 빌딩 주변이 성의 해자처럼 가라앉아 있었다.
사람들은 그 공황 속에서 한 가지 사실을 깨닫게 되었다.

"아까부터 배가 너무 불러!"
"우욱! 배 터지겠네!"

나중에야 사람들은 추론했다. 빌딩이 인간을 잡아먹으면, 빌딩 안에 있는 사람들이 배불러진다. 즉, 우리가 인간을 먹는 것과 마찬가지라는 점을 말이다.
구역질이 나오는 일이었지만, 당장 그것은 중요하지 않았다.

"흐아앙! 집에 가고 싶어!"

"어떡해! 살려줘요!"

"미치겠네! 나가면 무조건 죽는다니까?"

수백의 빌딩 노동인구가 식인 빌딩 안에 완전히 고립되었다.

이 식인 빌딩 사태는 곧바로 온 방송을 점령했다. 빌딩 내부의 사람들이 보내는 음성, 메시지, 동영상 하나하나가 모두 특종이 되어 생중계되었다.

당장 이 기현상의 정체는 둘째 치고, 안에 갇힌 사람들을 구하는 게 급선무였다. 하지만 쉽지 않았다.

최대한 빠르게 군대까지 동원되었지만, 빌딩은 사정거리 안에 들어온 인간이라면 누구든 공격했고, 그 이빨의 위력은 장갑차까지 가볍게 찢어발길 정도였다.

그렇다고 안에 사람들이 가득한 빌딩을 공격할 수도 없었다.

답이 없는 상황에서 시간만 흐르자, 내부의 사정은 심각해졌다. 단일 회사라는 특성상 당장에 질서가 무너지지는 않았지만, 내부 분위기는 언제 폭발할지 모르는 폭탄과도 같았다.

"왜 하필 나에게 이런 일이!"

"엄마 보고 싶어! 흐으윽!"

"죽기 싫어. 난 정말 죽기 싫어…"

기업의 지도부는 최대한 상황을 통제하려 애썼다.

"우리는 반드시 구조될 수 있습니다. 사원 여러분, 침착하게 이 위기를 극복해냅시다! 우선, 숙박을 위해 공간별로⋯"

지도부는 빠르게 사람들을 정리하고, 빌딩 내 자원을 확보했다. 편의점과 식당 등의 식료품과 물, 각종 생활 비품. 그들로서는 장기전도 생각해야 했다.

다행히, 당장 배고파하는 사람들은 없었다. 식인 빌딩의 폭식 때문에 모두 배가 터질 지경이었으니까.

불안한 하루가 지났을 때, 외부로부터 시도해볼 만한 작전이 전달되었다.

[빌딩 내의 모든 분은 아래층으로 대피하시길 바랍니다. 한 시간 뒤, 빌딩 최상단의 괴물에 대한 공격이 있을 예정입니다. 다시 한 번 말씀드립니다. 빌딩 내의 모든 분은⋯]

수백의 사람들이 지하층으로 내려갔다. 건물의 일부를 폭격한단 말에, 모두 불안한 마음을 안고 최대한 아래층으로 몰려 갔다. 사람들은 만원 버스에서처럼 다닥다닥 붙어 서로를 위로 했다.

그들은 DMB와 라디오 등을 통해 밖의 사정을 살폈고, 약속 된 한 시간 뒤, 군이 움직였다.

괴물의 입이 있는 건물 최상층부만을 부수는 것을 목표로 폭격이 시작됐다.

쿵! 쿠웅! 쾅!

"꺄악!"
"엄마아!"
"ㅇㅇ, ㅇ."

빌딩을 울리는 폭격에 두려워하기를 몇 분, 드디어 사람들이 기대하던 소식이 들려왔다.

[성공했습니다! 괴물의 소거가 확인됐습니다! 지금 구조대가 빌딩을 향해 접근 중입니다!]

"와아아아!"

사람들은 서로를 끌어안으며 함성을 내질렀다.
한데,

[어어어? 저, 저거? 빌딩 상공에 괴생물체가 다시, 부활하고 있습니다!]

폭격을 맞은 위치에, 검은 안개가 모여들더니 괴생물체가 다시 나타났다. 깜짝 놀란 사람들을 더욱 놀라게 한 것은, 부활한 입술이 두 개였다는 점이었다.

　[이, 이런? 이동합니다! 괴생물체가 이동합니다!]

　두 개의 입술은 하늘을 부유하더니, 각각 마음에 드는 빌딩을 골라서 정착했다. 그 이후는 예상대로,

　쾅! 콰콰쾅!

　"꺄아악!"
　"으아아악!"

　주변을 초토화하며 새로운 식인 빌딩의 탄생을 알렸다.
　사람들은 당황했다. 첫 빌딩에 갇혀 있던 사람들은 모두 탈출할 수 있었지만, 새로운 희생자들이 생긴 것이다.

　이미 준비가 되어 있던 군 병력은 또 한 번의 작전을 예고했다. 물론 그들은 멍청하지 않았다.

　[부활과 분열에 대비해서 모든 방위에 대공 무기를 배치해야 합니다!]
　[만약을 대비해 주변을 모두 대피시켜야 합니다!]

군은 완벽한 태세를 갖춘 뒤 다시 한 번 작전을 펼쳤다.

[곧 공격이 있을 예정입니다! 빌딩 내의 생존자분들은 모두 안전한 지하로 대피하시기 바랍니다! 반복합니다! 곧 공격이…]

첫 빌딩의 경우를 이미 알고 있었던 사람들은 비교적 큰 혼란 없이 대피할 수 있었다.

다만, 공격을 시도한 군이 큰 혼란에 빠졌다.

[이런? 네 개로 분열했습니다!]

[모두 격추해! 날아가기 전에, 어서!]

[공격이 통하질 않습니다! 모두 통과시킵니다!]

군은 속수무책으로 네 개의 괴생물체를 포위망 밖으로 내보낼 수밖에 없었다.

게다가, 이번 괴생물체들은 좀 더 멀리 날아갔다. 뉴스를 보면서 남의 일로만 생각하던 먼 지역의 건물에까지.

쾅! 쾅쾅!

"까악!"

"으아악!"

끔찍한 일이었다.

총 다섯 개의 식인 빌딩이 곳곳에 생겨났다. 이 사태로 인한 사상자만 100여 명에, 갇혀 있는 사람만 천 명이 넘었다.

그리고 며칠 뒤. 정말로 만반의 준비를 마친 국가 병력이 총동원된 구출 작전이 실패로 돌아가며, 여덟 개로 분열한 검은 입술에 의해 식인 빌딩은 총 열두 개가 되어버렸다.

사람들은 상황을 파악했다. 다음 공격당한 입술은 열여섯 개로 분열할 테고, 우린 그것을 막을 방법이 없다는 사실을.

"저 식인 빌딩들을 그냥 둬야 합니다! 괜히 건드리지 말고 그대로 두는 것만이 더 이상 피해를 입지 않는 유일한 방법입니다!"

당연히 고립된 사람들과 그 가족들은 난리를 쳤지만, 어쩔 수 없었다. 당장은 소수의 희생을 강요할 수밖에.

다만 문제는,

"저 사람들 식량은 어떻게 하지? 설마…"

식인 빌딩은 무인 자동차든 드론이든, 내부로의 접근을 허락하지 않았다. 심지어는 수도관의 물까지도. 마치, 자신은 오직 인간만 안에 들인다는 듯이 말이다.

흉흉한 소문이 나돌 수밖에 없었다.

"괴물이 먹어도 안에 있는 사람들이 배가 찬다며? 그럼 인간만 있으면…"
"들었어? 어제 새벽에 식인 빌딩에서 사람 몇 명이 밖으로 쫓겨났대! 검은 입이 곧장 그들을 삼켜 먹었다더라!"
"안에서 제비뽑기로 한 명씩 희생하기로 합의 중이라는 말이 있던데."

사람들은 영화에서나 보던 디스토피아를 상상했다. 식인 빌딩의 사람들에게 끔찍한 일이 벌어질 거라고. 어쩌면, 그들 사이에 역겨운 일이 벌어질지도 모른다고.

지금 당장이야 유언비어였지만, 그런 일들이 현실이 될지도 몰랐다.
사람들은 여러 대책을 강구했다. 헬기를 이용해 높은 곳에서 액체 식량을 건물에 스며들게 하는 방법이라든지, 원거리 송관을 연결해서 음료를 흘려보내는 방법이라든지.
그러나 그런 것들은 모두 현실성이 없었고, 결국엔 이런 의견이 나올 수밖에 없었다.

"사형수들을 사용하는 게 어떻겠습니까?"

당연히 윤리적인 반대에 부딪쳤다.

"지금 인간을 괴물에게 먹이로 주자는 말씀이십니까?"

그러나 다른 방법이 없음을 인정해야 했다. 시간이 지날수록 식인 빌딩 사람들의 굶주림은 심해지고 있었다.

[뉴스 속보입니다! 자살 유서를 남긴 한 고등학생이 식인 빌딩으로가 투신했습니다! 내부의 인물과는 전혀 관계가 없는 학생으로 밝혀졌는데요.]

사람들은 학생을 향해 희생정신이 빛나는 자살이라느니 뭐니떠들어댔고, 이 사건은 살아 있는 인간을 보급한다는 심리적 저지선을 끊어놓았다.

"사형수를 씁시다! 어차피 사형당해서 죽나, 식인 빌딩에서죽나 똑같이 죽는 건데!"
"사형수의 인권? 그 새끼들이 저지른 끔찍한 범죄들을 모르나? 그런 새끼들에게 무슨 인권이 있다고!"
"어차피 시간이 지나면 식인은 이루어질 수밖에 없다. 그럼건물 안에 고립된 선량한 사람들을 희생하는 것보다는, 악인들이 낫지 않은가?"

많은 사람이 주장했다. 주변 국가에서도 방법을 모색해 외교적인 접촉을 해왔다.

그러나 어려운 문제였다. 그래도 절대 안 된다는 측과 일단 살리고 보자는 측의 대립이 거셌다.

[방법을 찾았습니다!]

사람들에게 반가운 소식이 전해졌다. 국가가 놀고만 있진 않았던 것이다.

[지하로 땅을 파서 진입하면 됩니다! 건물의 높이보다 더 깊은 지하에서는 괴물의 공격을 받지 않고 접근 가능하단 것이 확인됐습니다!]

사람들은 환호했다. 그러나 곧 실망했다.

[다만, 모든 건물에 사용할 수 있는 방법은 아닙니다. 지하를 뚫을 수 없는 건물에서는…]

고립된 사람 중 절반이 희망을 얻었고 절반이 절망했다.

그렇다고 절망한 이들 때문에 구조를 늦출 순 없었기에 당장 작업이 시작됐다.

TV에서는 점점 희망에 찬 절반만을 비추기 시작했다. 절망에 빠진 절반의 소식은 점점 줄어들었다.

사실, 따지고 보면 두 그룹에 큰 차이는 없었다. 아주 운이 좋은 건물을 제외하고는, 지하를 뚫는 작업이 언제 끝날지 몰랐으니까.

그럼에도 불구하고 희망을 가진 그룹과 가지지 못한 그룹의 차이는 극명했다.

여기서 누군가는 궁금해졌다.

과연 끔찍한 디스토피아는 어느 그룹에서 먼저 펼쳐질까?

대부분은 희망이 없는 사람들이 먼저 서로를 잡아먹을 거라고 예상했다.

하지만 불만의 목소리는 희망이 있는 사람들의 입에서 먼저 터졌다.

"사형수를 허락해주십시오! 우리 다 굶어 죽게 생겼습니다!"

"식물인간의 장기 기증을 이쪽부터 넣어주는 법안을 우선 추진해달라!"

"혹 자살을 하시려는 분들은, 마지막으로 좋은 일 하고 가십시다."

희망은 인간을 악착같이 만들었다. 결국, 가장 먼저 제비뽑기를 결정한 것도 그들이었다.

"야야! ○○ 빌딩 얘기 들었어? 주말까지 정부에서 식량 문제를 해결해주지 않으면, 결국 제비뽑기를 하겠대!"

"와, 정말? 그런데 한두 명 내보낸다고 간에 기별이나 갈까?"

"모르는 소리 하지 마! 너 한 끼에 1킬로그램 먹을 수 있어? 한 명만 내보내도 스무 명 이상은 배가 찰걸?"

모두가 주말을 기다렸다. 주말이면 드디어 기다리던 그 일이 벌어지는 것이다.

한데 주말이 오기 전날. 24시간 촬영 중인 카메라에 식인 빌딩의 포식 장면이 잡혔다.

콰콰쾅!

그들 넷은 연고가 없는 노숙자로 밝혀졌다.

갑자기 왜 노숙자가 자신을 희생했을까? 사람들은 빌딩 안에 갇힌 누군가를 위해, 밖에서 먹이를 넣어준 거라고 음모론을 펼쳤다.

CCTV에 잡혔던 봉고차를 생각해보면 그럴듯한 추리이긴 했지만, 중요한 건 그것이 아니었다.

"이럴 수가! 식인 빌딩은 전체가 하나야! 처음부터 하나였어! 모두가 연결되어 있다고!"

식인 빌딩

하나의 식인 빌딩이 포식하면, 모든 식인 빌딩이 함께 배불러졌다.

이번 노숙자들의 희생은, 고립된 사람들 전체에게 약간의 기운을 북돋아줬던 것이다.

주말로 예정되었던 제비뽑기는 취소됐다. 그 대신, 희망이 있는 그룹이 이런 요구를 했다.

"다른 건물은 구출될 희망조차 없다면, 차라리 그쪽에서 먼저 제비뽑기를 해주십시오! 살 수 있는 사람은 살아야 하지 않겠습니까?"

이기적인 주장이었지만, 합리적인 주장이기도 했다.

하지만 희망이 없는 그룹의 사람들이 흔쾌히 그 주장을 들어줄 리 만무했다.

"당신들은 탈출할 방법이 있다 이거지? 그래, 한번 해보자고! 우린 모두가 하나로 뭉쳐 있어! 절대 인간을 포기하는 짓거리는 하지 않아!"

이렇듯 하루가 다르게 시시각각 변하는 상황은, 사람들에게 매우 큰 흥미를 안겨주었다.

다수를 위한 소수의 희생부터 사형수의 인권, 작은 디스토피아, 희망과 절망, 희생의 강요까지.

　세상에서 가장 시청률이 높은 프로그램이었다. 당장은 내 일이 아니었기에 더욱 재밌게 볼 수 있는 프로그램 말이다.

　하지만 또 이야기가 급변했다.

　"우리는 폭탄을 제조하는 데 성공했소! 폭탄 자살을 하는 한이 있어도, 내부에서부터 괴물을 폭발시킬 것이오! 곧 시간을 통보할 테니, 알아서들 대피하시오!"

　지하 탈출의 희망이 없던 전자 상가 건물에서 폭발을 예고한 것이다.

　당연히 난리가 났다. 그동안 여러 가지 이유로 대립하던 모든 여론이 한마음으로 반대했다.

　"미친! 이번에 괴물이 파괴되면 열여섯 개로 분열한다고!"
　"저, 저저! 지금 수백 명을 죽이려는 거야? 그러면 안 되지!"
　"세계적인 재앙이 될 수도 있습니다! 쉽게 생각할 문제가 아니란 말입니다!"

　하지만 그들을 물리적으로 막을 방법은 없었다. 그들의 의지는 확고했다.

　　　　　　　　　　　　　　　식인 빌딩

"그럼 이대로 앉아서 죽으란 말이오? 우리는 살기 위해 행동할 뿐이오! 사람이 스스로 살기 위해 한 행동에는 죄를 물을 수 없소!"

사람들은 그들을 설득할 수 없음을 깨달았고, 정부에 요구하기 시작했다.

"사형수를 배급하라! 주변 국가에 도움을 요청해서라도 저들을 살리란 말이다!"

"비상시국입니다 비상시국! 식물인간의 장기 기증이든 전국에서 지원자들을 받든, 어떻게든 하란 말입니다!"

"도대체 일이 벌어진 지가 언젠데, 아직까지도 괴물의 대처법을 알아내질 못하는 거야? 내 세금은 다 어디에 쓰냐고!"

정부는 곧바로 인간 배급을 약속했다. 스스로 지원하는 사형수들에 한해서 보상을 지급하는 방안으로, 주변국의 도움도 요청했다.

"참나, 이렇게 쉽게 결정할 일이었으면 그동안은 왜 가만히 있었던 거야?"

맞는 말이었다. 정부는 진작에 나서야 했다. 이제는 빌딩의 그들이 정부의 요청을 받아들이지 않았던 것이다.

"우린 이 빌어먹을 건물에 평생 갇혀서 목숨만 연명하고 싶은 게 아니라, 집으로 돌아가고 싶은 것이오! 내일 정오에 폭발을 시도할 테니, 알아서들 대피하시오!"

사람들은 그들을 보고 미쳤다며 욕했다. 어떻게 그렇게 이기적일 수 있냐며, 지구의 인류를 멸망시킬 셈이냐며 과한 소리를 하는 이까지 있었다.

"그렇게 당신들이 풀려난다고 해도 무사할 줄 알아? 세상 모두가 당신들을 손가락질하며 욕할 거야! 당신들의 그 행위 때문에 죽어간 다른 이들은 원수를 갚으려 들 거라고!"
"조금만 기다리면 정부에서 해결법을 찾는다니까요? 사형수도 배급한다고 했잖아요! 그걸 못 참으세요, 왜?"
"이해할 수가 없네! 인류를 위한 행동을 해야지!"

저주와 같은 말들, 그냥 잠자코 희생하라는 말과 다를 바 없는 이야기들이 그들에게 마구잡이로 쏟아졌다.
그러나 어떠한 번복도 없는 와중에 예정된 정오가 다가왔다.
사람들은 모두 혼비백산해서 대피하기 시작했다. 높은 건물이 가득한 도시를 떠났다.
시골의 논밭과 주변 야산이 온통 사람들로 가득해졌다.
그리고 모두가 주목하는 가운데, 전자 상가 식인 빌딩의 꼭대기 층이 폭발했다.

쾅!

그들의 폭탄은 사제 폭탄이라고 믿기 어려울 만큼 놀라운 성능을 보여주었고, 내부에서부터 검은 입술을 산산조각 내었다.

그리고 잠시 뒤, 예상했던 대로 검은 안개가 다시 모여들었다. 사람들은 새로이 생길 열여섯 개의 식인 빌딩에 대한 두려움에 떨었다.

[꿰에에에에엑!]

부들부들 떨던 검은 입술이, 비명을 지르며 점점 퍼렇게 질려 갔다.

이윽고, 신음과 같은 비명을 지르던 검은 입술은 새하얀 재가 되어 바람에 날려 사라졌다.

"…"
"…"
"…"

사람들이 잠깐 사태 파악을 못 하고 있던 그때,

"모, 모든 식인 빌딩의 괴물들이 죽었다! 모두 다 죽어버렸어!"

기적 같은 사태를 본 사람들은 함성을 내질렀다.

그랬단 말인가? 정답은 내부에서부터의 공격이었단 말인가?

긴장하며 몇 시간을 대기해도, 검은 입술이 다시 나타나는 일은 없었다.

이기적인 소수는 한순간에 영웅이 되었다.

"전자 상가의 그들이 우리 모두를 구했어!"

"아니, 인류를 구원한 거나 마찬가지라고!"

"김남우라는 사람이 진짜 영웅이야! 검은 입술 내부에서 폭발하게 하려고 온몸에 폭탄을 감고 자진해서 몸을 던졌다더라!"

"진짜 대박! 폭탄은 어떻게 만들었는지 알아? 와~ 진짜 영화 스토리야!"

그들을 찬양하는 말들이 쏟아졌다. 그러나 건물에서 탈출한 사람들은, 그 삐쩍 메마른 사람들은 전혀 우쭐대지 않았다.

"우리는 그저 살고 싶었을 뿐입니다. 살고 싶었던 소수였을 뿐입니다."

"…"

누가 인터뷰를 하든, 전자 상가에서 살아남은 이들의 눈빛은 하나같이 어둠으로 침잠해 있었다. 사람들은 그들의 눈빛을 바

식인 빌딩

라볼 수 없었다. 그들을 TV 화면으로 지켜보며 입을 가볍게 놀리던 절대다수의 사람들은 감히 그 눈을 마주 볼 수가 없었다.

사망 공동체

어느 날, 저승의 대표가 인류를 찾아왔다.

[이승의 사망률이 너무 낮아진 것 아닙니까? 그 때문에 지금 저승에 심각한 인구 문제가 발생했습니다.]

인류는 무슨 소리를 하는 건지 이해할 수 없었는데, 저승 대표의 논리는 이러했다.

[한마디로 이승의 저출산 문제와 같습니다. 저승 인구가 너무 부족하다 이 말입니다! 예전에는 이렇지 않았습니다. 수명이 낮아서 30, 40대만 되어도 곧잘 저승으로 오곤 했습니다. 지금은 뭐, 평균수명이 70살? 80살? 정말 너무하지 않습니까? 물론, 한때 인구가 폭발적으로 늘어나면서 사망자가 늘어났던 건 인정합니다. 좋은 시절이었지

요. 제2차 세계대전 때는 대단했습니다. 하지만 요즘 저승은 부흥은 커녕, 현 상황을 유지하기도 벅차다 이 말입니다! 게다가 사망하는 사람들도 다 늙어서 오니, 이건 뭐 부양해야 할 짐만 늘어나는 실정입니다! 와봤자 편히 대접만 받다가 소멸하는 늙은 사람들 말고, 젊은 노동 인구가 필요합니다!]

불만이 대단한 듯한 저승 대표의 결론은, 인류에게 너무나도 충격적이었다.

[저희 저승에서는 사망자 두 배 정책을 통과시켰습니다. 이제 이승의 인간들은 영혼의 짝 한 명과 무작위로 맺어지게 될 겁니다. 둘 중 한 명만 사망하여도 나머지 한 명이 함께 사망하는 겁니다.]

"뭐야?"
"헐?"

[이승에서도 저희 저승의 정책을 이해해주시리라 믿고, 이만 가보겠습니다. 내일부터 시행되오니 유념하시길 바랍니다.]

저승의 대표가 사라진 뒤, 인류는 대혼란에 빠졌다. 자신이 아무 이유 없이 억울하게 죽을 수 있다는 말이 아닌가?

설마 하던 그 일은 다음 날 현실이 되었다. 멀쩡하던 사람들이 갑자기 숨을 쉬지 않는 일이 곳곳에서 발생했다.

당장 인류는 난리가 났다.

"빌어먹을! 내 영혼의 짝이 누구야?"
"영혼의 짝을 어떻게 찾는 건데? 그건 알려줘야지!"
"이런 게 어딨어? 내가 무슨 죄가 있다고 죽어야 하는 거야?"

언제 죽을지 모른다는 공포. 그것만큼 끔찍한 것은 없었다.

만약 내 영혼의 짝이 누군지 알 수나 있었으면 조금은 나았을 거다. 당장 내 주변에 있을지, 지구 반대편에 있을지 모르는 일이란 게 문제였다.

당장 전 세계에서 사형 집행이 중지되었다. 사형수 하나를 죽이면 무고한 한 명이 죽어버리니까.

당연히 전쟁도 중지되었다. 전쟁 당국만이 아니라, 주변국에서도 적극적으로 평화를 위해 개입했다. 이익을 계산하는 행동은 있을 수 없었다. 그 전쟁으로 우리의 목숨이 날아갈지도 모르는데, 어떻게 가만히 있을 수 있겠는가?

제3세계에 대한 지원도 엄청나게 쏟아졌다.

"하루에 굶어 죽는 아이들이 얼마나 많은지 아십니까? 그 아이의 짝이 빌 게이츠일지, 워런 버핏일지 누가 압니까?"

사회를 정글로 보자면, 그동안 권력과 부를 독점한 사람들은 먹이사슬 상위권에 존재하고 있었다. 덕분에 목숨을 잃을 위험이 현저하게 낮았다.

하지만 이제 목숨의 값이 평등해졌다. 돈 한 푼 없는 노숙자 한 명이 죽는 것으로 수백억 부자가 죽을지도 모르는 세상이었다. 어쩌면 상대적으로 가진 자들이 그러지 못한 자들보다 훨씬 더 떨었는지도 모른다.

유명 인사들의 급사가 몇 번 일어나자, 기업들은 너 나 할 것 없이 곳간을 풀었다. 그 돈은 모두 사회안전망을 위해 투자되었다.

"한국의 청년들이 자살하는 이유가 뭡니까? 그 원인을 해결해야 합니다!"
"빌어먹을 학교 폭력! 그동안 왜 이렇게 손 놓고 있었던 거야?"
"노인복지가 이게 뭡니까? 언제까지 폐지를 줍고 다니시게 할 거야?"
"경찰은 뭐 하는 거야? 어제도 살인 사건이 벌어졌잖아! 치안에 신경 좀 쓰라고!"

모든 인류가 한마음으로 어떻게든 사망을 줄이려고 애썼다.

　믿을 수 없을 정도로 전 세계의 사망률이 줄어들었다. 그러자 또 저승에서 대표가 왔다.

　[사망 두 배 정책에 만족스러운 결과가 나오지 않고 있습니다. 앞으로 저희 저승에서는 사망 세 배 정책을 시행하기로 했습니다.]

　저승에서 다녀간 뒤, 인류는 더욱 바싹 협동했다.

　굶어 죽는 사람이 나오는 건 말도 안 되는 이야기였고, 사고로 인한 사망 사건 하나하나에도 민감하게 반응했다.

　"안전 점검 좀 철저하게 합시다!"
　"음주운전은 인간으로서 해서는 안 될 일입니다!"
　"지금 그깟 돈 몇 푼 아끼려고 그랬단 말입니까? 저런 기업은 가만히 놔둬선 안 됩니다!"

　인류의 목표는 하나였다.
　늙어 죽는 것 외의 모든 죽음을 막자!
　인류는 정말 필사적으로 노력했고, 목표대로 늙어 죽는 것 외의 모든 죽음이 현저히 줄어들었다.

　거기서 그치지 않았다.

"우리 연구소에서 노화 억제의 실마리를 찾았습니다!"

인류는 감히 노화마저 정복하려 했다.

일각에서는 반대의 목소리가 나왔다.

"인간에게 영생이 주어져도 되는 겁니까?"
"이러다 지구가 인간 포화 상태가 될 겁니다!"
"지금도 세상은 충분히 좋아졌습니다. 거기까지는 가지 맙시
다."

그러나 그런 목소리들은 힘이 없었다.

영생이란 건 어차피 언젠가는 올 거라 생각했던 일이었고, 그
것이 좀 더 일찍 당겨졌을 뿐이라 생각했다.

인류는 연구에 박차를 가했고 드디어, 노화를 멈추는 약이 개
발되었다. 게다가 과거의 예상처럼 이 약은 부자들의 전유물이
아니었다.

"노인들을 중심으로 먼저 배분합시다! 그리고 모두에게 돌아
갈 수 있도록 충분히 만듭시다!"

인류는 늙지 않는 것에 환호했다. 인류가 기어코 죽음마저 정복했다며 들떴다.

그런데 예상하지 못한 일이 발생했다.

"나는 먹기가 싫어…"
"난 살 만큼 살았어… 내가 기다리는 건 오직 안식뿐이야."
"그냥 살 수 있는 만큼 살다가, 우리 영감 묻힌 곳에 같이 묻히는 게 내 꿈이야."

많은 노인이 노화 방지약을 거부했다. 그들은 죽음의 안식을 누구보다 잘 이해하고 있는 이들이었다.

인간에게는 안식이 필요하단 걸 절실히 느끼는 사람들이었다.

젊은 사람들은 절대 이해할 수가 없었다. 없어서 못 먹는 약이었고, 어떻게든 구해서 먹으려고 난리인 약이었다.

죽음을 극복할 수 있다는데 왜 그걸 거부한단 말인가?

"이걸 공짜로 드린다는데도 왜 그러세요? 건강하게 오래오래 사셔야죠!"
"어르신! 모두를 생각해서 드셔야 해요!"

사망 공동체

노인들은 모두 반강제적으로 약을 먹어야 했다.

그 이후에는 모두가 아귀처럼 달려들어 노화 방지약을 먹었다. 좀 더 젊을 때 약이 나오지 않았다며 화내는 사람도 많았다.

노화로 인한 죽음까지 막고 나니, 인류의 사망률은 정말로 낮아졌다.

세 명이 함께 죽는 일이 벌어지더라도, 어쩔 수 없는 자연재해 정도로 인식할 수 있는 마음이 되었다.

그리고 시간이 지난 어느 날, 또다시 저승의 대표가 인류를 방문했다.

[어쩐지… 이승에서 노화 방지약을 개발했군요.]

사람들은 불만 섞인 얼굴로 생각했다.

"저거 또 이번엔 4인 동반 사망으로 바꾸려고 왔구먼."
"염병! 인류가 노력하면 뭘 해? 결국 이 꼴인데."
"어디 바꿔봐! 사망률 0퍼센트를 보여줄 테니까!"

하지만 저승 대표의 말투는 밝았다.

[대단하십니다. 덕분에 최근 사망한 사람들은 저승에서도 늙지 않고 있습니다. 그동안 저승에서 노화로 소멸하던 분들하고는 질적으로 다릅니다.]

"?"

[여러분 덕분에 최근 사망한 분들은 저승에서도 영원히 노동을 할 수 있게 되었습니다. 그분들에게 안식이 없다는 건 좀 안된 일이긴 하지만⋯ 어쩔 수 없지요. 앞으로 저승 인구가 너무 늘어날까 걱정이 된 저희는 이승의 사망 시스템을 원래대로 되돌려놓기로 했습니다. 축하드립니다. 이승의 여러분.]

"…"

인류는 헷갈렸다. 이 기쁜 소식에 웃어야 할까, 울어야 할까?

죽어보지 않고서는 알 수 없겠지.

사망 공동체

어디까지 인간으로 볼 것인가

어느 날, 우주에서부터 아주 거대한 살덩어리가 지구로 떨어졌다. 그것이 얼마나 거대했냐면, 도시를 통째로 집어삼킬 정도였다.

정체 모를 연분홍빛 살덩어리는, 떨어진 곳의 모든 것을 말그대로 꿀꺽 삼켜버렸고, 도시의 사람들 역시 예외가 아니었다.

그들의 죽음이 예상보다 더 끔찍했던 이유는, 한 시간이 지난 뒤의 살덩어리의 모습 때문이었다. 살덩어리의 연분홍빛 표면에, 삼켜진 사람들의 상반신이 돌기처럼 돋아났던 것이다.

그곳은 지옥이었다. 그들은 비명을 지르고, 기절하고, 현실을 부정하고, 자해를 하고…

그들의 모습에 충격을 받은 인류는 그들을 구출하기 위한 시도를 했다. 하지만 인류는 또다시 끔찍한 사실과 마주해야 했다.

그들을 빼내기 위해 살덩어리를 갈랐지만, 그 속에 그들의 하반신은 존재하지 않았다. 그들은 살덩어리와 완전한 하나가 되어 있었다.

그리고 한 가지 더, 인류가 신음을 흘릴 만한 일이 하나 더 있었다.

살덩어리는 점점 커지고 있었다. 느리지만 일정한 속도로, 그 반경을 넓혀가며 지상을 삼켜가고 있었다.

일주일의 시간이 흘렀다. 살덩어리의 크기가 커지는 만큼, 살덩어리가 확장되는 속도 또한 빨라졌다.

살덩어리는 이제 전 인류의 중대한 문제가 되었다. 당연히 살덩어리를 처리해야 하겠지만, 그러려면 한 가지 문제가 있었다.

살덩어리의 표면을 가득 메운 그들이 문제였다.

일주일간 그들은, 끝없이 눈물을 흘리고 소리를 지르는가 하면, 자신을 죽여달라고 부탁하기도, 제발 살려달라고 애원하기도 했다.

그들 때문에 인류는 살덩어리를 공격할 수 없었다. 하지만, 그들 때문에 살덩어리를 공격하지 않을 수도 없었다.

진퇴양난의 토론이 이어진 끝에, 사람들의 고민이 하나로 모아졌다.

그들을 인간으로 볼 것이냐, 인간으로 보지 않을 것이냐?

　　　　어디까지 인간으로 볼 것인가

이미 그들은 죽은 인간이며, 살덩어리가 더 커지기 전에 공격해서 없애야 한다는 강경파와, 아직 그들은 살아 있는 인간이며, 그들을 구하기 위한 연구를 해야 한다는 온건파가 대립했다.

처음에는 당연하게도 온건파의 의견이 강세였다.

그들은 비록 상반신뿐이었지만, 생각하고 느끼고 말하는, 우리와 똑같은 인간이었기 때문이다.

하지만 강경파의 생각은 달랐다. 강경파의 인물들은 목소리를 높여 말했다.

"저들은 지금 아픔을 느끼지 않습니다! 뜨거움, 더위도 느끼지 않고, 추위도 느끼지 않습니다! 저들은 이미 저 괴물과 같아졌기 때문입니다! 괴물이 더 커지기 전에 공격을 감행해야 합니다!"

그 말에 인류는 반대했다. 그것만으로 저들을 살덩어리와 같다고 할 순 없었기 때문이다.

하지만 시간이 흐를수록 그들은 점점 변해갔다. 변해가는 그들의 모습을 잡아낸 강경파가 또다시 목소리를 높여 말했다.

"지금 저들은 욕구가 없습니다! 배고픔도 느끼지 않고, 잠을 자지도 않고, 심심해하지도 않습니다! 식욕, 성욕, 수면욕, 배설욕 등등… 모든 욕구가 사라진 저들을 인간이라고 볼 수 있습니까?"

그 말에 인류는 고민했다. 그러나 욕구가 없다고 하여 인간이 아니라고 할 순 없었다.

하지만 시간이 흐를수록 그들은 점점 더 변해갔다. 강경파는 또다시 목소리를 높였다.

"지금 저들은 살아생전의 기억들을 잃었습니다! 본인의 가족들조차 기억하지 못합니다! 평생의 추억과 기억이 모두 사라져 반 푼짜리 육체만 남은 저들을 인간이라고 볼 수 있습니까?"

그 말에 인류는 흔들렸다. 그러나 기억이 없다는 것만으로 저들을 인간이 아니라고 단정할 순 없었다.

하지만 또다시 일주일이 흐른 뒤. 강경파는 다시 한 번 소리쳤다.

"이제 저들은 감정조차 사라졌습니다! 슬퍼하지도 않고, 기뻐하지도 않고, 화를 내지도 않습니다! 희로애락이 사라진 저들을 인간이라고 볼 수 있습니까?"

이번엔 인류의 대다수가 인정했다. 이젠 TV로 비치는 그들의 모습도 처음과는 많이 달랐다.

그들은 아무런 욕구와 요구가 없었고, 아무런 표정도 없었다. 비가 와도 바람이 불어도 느끼는 이 하나 없었고, 본인을 찾아온 가족들에게도 관심이 없었다.

그들은 그저 살덩어리의 표면에 아무렇게나 매달려 있을 뿐이었다.

강경파의 인물들은 그들을 한마디 말로 정의 내렸다.

"저들은 이제 인간이 아닙니다. 그저 저 괴물의 피부 돌기에 불과합니다!"

인류는 강경파의 말에 동의했다. 대다수 인류가 보기에도 그들은 이제 인간이 아니었다.

더욱이 이대로라면 살덩어리에 의해 온 지구가 집어삼켜질 판이었다. 이제는 그만, 괴물을 해치워야 할 때였다.

드디어 인류는 살덩어리에 대한 대공습의 날짜를 잡았다.

대공습 작전명 '다이어트!'.

거대한 살덩어리 괴물을 처치하는 데 가장 어울리는 작전명이었다.

공습이 시작되기 전날. 최후까지 남아 있던 소수의 온건파 인물들은 살덩어리 속 사람들을 찾아갔다.

온건파 사람들은 적어도, 그들에게 그들의 최후를 알려주고 마지막으로 바라는 것이 있다면 들어주고 싶어 했다.

그 모습에 강경파 사람들은 코웃음을 쳤다.

"흥! 감정도 없고, 기억도 없고, 욕구도 없는 그것들이 설마 바라는 게 있겠는가?"

많은 이들의 생각이 이와 같았다.
그래도 온건파의 인물들은, 살덩어리 표면의 그들을 찾아가 말을 걸었다.

"이보세요. 이제 당신들은 내일이면 모두 죽게 됩니다."

본인들이 죽는단 말에도, 표면의 그들은 그저 멀뚱멀뚱 쳐다만 볼 뿐, 아무런 반응도 하지 않았다.
TV로 그 모습을 보고 있던 대다수의 사람들은 '역시 그러면 그렇지' 하고 생각했다.
온건파의 인물은 안타까운 얼굴로, 가까운 곳의 한 소녀에게 말을 걸었다.

"혹시 마지막으로 소원이 있습니까?"
"…"
"마지막으로 원하는 것이나 하고 싶은 일이 있느냔 말입니다."
"…"

소녀는 아무것도 없는 듯, 아무런 말이 없었다. TV를 보는 사람들은 모두 온건파가 하는 일을 헛되이 여겼다.

　　　　　　　　　　어디까지 인간으로 볼 것인가

쓸쓸해진 온건파 사람들은 지푸라기라도 잡는 심정으로 소녀에게 부탁했다.

"당신은 지금 들을 수 있고, 볼 수 있고, 말할 수 있습니다. 그 능력으로 무엇을 하고 싶습니까? 아니, 무엇이든 좋으니 해주십시오! 꼭 해야만 합니다!"

TV를 보는 모두가 온건파의 행동을 부질없는 짓이라 여길 때. 소녀의 입이 열렸다.

"그렇다면 노래를 할게요."
"아! 좋습니다. 해주십시오!"

곧, 소녀의 입에서 노래가 흘러나왔다.

아무런 감정이 없는 무미건조한 노래였다. 뜻이 있는 노래도 아니었다. 그저, 사건 당시 크게 유행했던 가요였다. 그냥 아무런 의미 없이 부르는 노래일 뿐이었다.
신기한 일은 그다음에 벌어졌다.
소녀의 근처에 있던 또 다른 상반신이 소녀와 함께 노래를 부르는 것이었다.

곧이어 주변의 다른 상반신들도 함께했다.

또 그 옆으로, 위로, 주변으로, 종국에는 살덩어리 표면의 모든 상반신이 소녀의 노래를 함께 불렀다.

그 모습을 본 온건파의 사람들은 부들부들 몸을 떨었다. TV로 보던 전 세계의 사람들은 말을 잃었다.

"…"

소녀의 노래, 피부 돌기들의 노래는 끝이 날 줄을 모르고 온종일 계속되었다.

그렇지만 바뀌는 건 없었다. 예정대로 다음 날 대공습은 진행되었다.

다만 한 가지. 대공습의 작전명이 바뀌었을 뿐이다.

작전명 '숭고한 희생'으로…

흐르는 물이 되어

엄청난 물이 발명됐다.

그 물을 우연히 발명한 개발사는, 이 신비한 물을 정화수라 이름 지었다.

세상에 그 어떤 물보다도 맑고 투명했던 정화수는, 정말정말 신비한 물이었다. 아주아주 황홀한 물이었다.

처음, 개발사 대표가 사람들 앞에서 정화수의 사용법을 선보일 때, 사람들은 모두 경악했다.

정화수가 가득 담긴 욕조에 대표가 몸을 담그고 얼마 뒤, 대표의 몸이 마치 눈 녹듯 정화수 속으로 녹아버렸기 때문이다.

사람들은 비명을 질렀지만, 염산이나 독극물 때문에 생긴 현상은 아니었다. 연기나 거품도 나지 않았으며, 대표가 녹아든 정화수에 어떠한 불순물도 떠오르지 않았다.

말 그대로, 인간이 물이 되어버린 것이었다. 지독히도 맑고 투명한 물 그 자체가.

한데 사람들을 더욱 경악하게 만든 건, 그로부터 한 시간이 지난 뒤였다.

욕조 속 정화수가 서서히 불투명하게 응고되기 시작하더니, 끝내 인간의 형상으로 뭉쳐져 대표로 다시 돌아왔다.

욕조 속의 정화수를 모두 흡수한 대표는 마치, 다시 태어나기라도 한 듯 상쾌해 보였다.

"여러분! 이 정화수에서 한 시간만 물이 되었다 깨어나면, 평생 느껴보질 못했던 상쾌함을 느끼게 되실 겁니다!"

정화수의 효능은 한마디로, 인간을 완벽한 컨디션으로 만들어주는 것이었다. 인간의 몸에 쌓인 모든 피로를 사라지게 해주어 인생 최고의 컨디션으로 만들어주었던 것이었다.

정화수를 사용해본 사람들은, 그동안 어떠한 휴식과 숙면으로도 겪어보지 못했던 인생 최고의 컨디션에 깜짝 놀랐다.

그것은 상쾌함을 넘어, 황홀할 지경이었다. 비유하자면, 평생 70퍼센트밖에 차지 않던 배터리로 살아오다가 갑자기 100퍼센트까지 완전 충전 상태가 된 듯한 기분.

성능을 인정받은 정화수는 비싼 가격에도 불구하고 불티나게

흐르는 물이 되어

팔렸다.

시험이나 수능같이 중요한 일을 앞둔 사람들은 필수로 정화수를 사용했다.

연예인들이나 예술가들도 정화수를 달고 살았고, 간혹 돈이 많은 사람들은 잠을 자는 대신 매일 정화수를 이용하기도 했다.

정화수를 사용하면 잠을 잘 필요가 없었기에, 하루 24시간 중 23시간을 최상의 컨디션으로 보낼 수 있었다.

정화수는 그야말로 단박에 전 인류를 매혹한 희대의 발명품이었다.

단, 이런 정화수에도 몇 가지 치명적인 주의 사항이 있었다.

[첫째, 인간이 녹아든 물을 절대 흘리지 말 것!]

인간이 녹은 정화수 물이 여기저기로 흩어진다면, 한 시간이 지나더라도 다시는 인간으로 돌아올 수 없었다(이와 관련해 끔찍한 사건이 있었다. 어느 새벽녘, 지진이 도시를 강타했을 때, 정화수를 이용 중이던 수많은 사람들이 물이 되어 다시 돌아오지 못했다. 이 사건 이후 정화수 전용 캡슐형 욕조가 개발되었다).

[둘째, 절대 정화수를 사람에게 뿌리지 말 것!]

정화수 한 바가지로 인간 한 명이 물로 녹아들 순 없었다. 적어도 욕조를 채울 정도는 되어야만 인간이 녹아들 수 있었다.

한데 정화수 한 바가지를 사람에게 뿌린다면?

결과는 끔찍했다. 정화수에 젖은 부위를 1분 이내에 닦아내지 않는다면, 곧 그 부위만 물이 되어버리는 사태가 벌어졌다. 그나마 정화수는 피부에 닿기만 해도 약간 화해지는 느낌이 있었기에, 금방 알아채고 닦아낼 순 있었다.

[셋째, 절대 여럿이 동시에 이용하지 말 것!]

만약 두 명이 함께 정화수 속으로 녹아들었다면, 물이 되었다가 다시 인간으로 되돌아오는 것은 단 한 사람뿐이었다.

개발사가 말하는 기준에 의하면, 좀 더 가치 있는 존재가 마지막으로 남게 된다는 설명이었다.

개발사의 엄중한 경고에도 불구하고, 동시 이용 사고는 곧잘 일어나곤 했다. 정화수는 누군가 녹아들어 있더라도 항상 투명하고 맑았기 때문에, 누군가 들어가 있는 줄 모르고 뒤늦게 다른 사람이 들어가는 경우가 종종 있었던 것이다.

물론 그런 사고에 대해 개발사는 전혀 책임을 지지 않았다.

한데 그 사고들 속에서, 충격적인 증언이 나왔다.

"정화수 사고가 일어나고 제가 살아남았을 때… 저는 정말 엄청난 만족감을 느꼈습니다."

정화수 속에서 다른 인간을 흡수하고 살아남은 인간들은 말로 다 하지 못할 엄청난 만족감을 느꼈다.

증언 이후 정화수 사용과 관련한 변칙 하나가 유행하게 되었는데, 정화수에 녹아들 때 닭과 돼지 같은 식용 가축과 함께 녹아드는 것이었다.

가축과 함께 물이 되었다가 다시 깨어난 인간들은, 태어나 처음 겪어보는 만족스러운 포만감을 느낄 수 있었다.

가령, 닭과 함께 정화수에 빠졌다 나온 사람은 그 어떤 닭 요리에서도 맛보질 못했던 닭 본연의 훌륭한 맛을 온몸으로 느낄 수 있었다. 혹자는 닭의 영혼까지 맛본 느낌이라고 표현할 정도였다.

그 강렬한 만족감 때문일까, 서로 합의하에 정화수로 함께 뛰어드는 미친 인간들도 있었다. 저놈보다는 내가 더 가치 있다는 믿음하에…

인생 최고의 컨디션에다, 잠으로 낭비하는 시간을 절약해주고, 만족스러운 포만감까지.

정화수를 한 번이라도 사용해본 사람들은 그 매력에서 절대 벗어날 수 없었기에, 개발사가 엄청난 기세로 정화수를 만들어내도 항상 물량이 부족했다.

개발사는 정화수 공장을 아주 많이 늘리기로 했다. 그 과정에 각 국가의 도움을 요청했다.

국가들도 국민의 컨디션이 좋아지고 활용할 수 있는 시간이 늘어나는 건 국가 경쟁력에 아주 큰 도움이 되므로, 개발사에 많은 지원을 했다.

 개발사는 각 나라의 지원을 받아 세계 곳곳에 정화수 공장을 지었다. 공장이 늘어날수록 정화수의 가격은 낮아졌고, 공장이 많은 나라일수록 싼 가격에 정화수를 사용할 수 있었다. 그래서 사람들은 더더욱 정화수 공장이 늘어나서 정화수의 가격이 내려가기를 바랐다.

 그러나 모두가 정화수 공장을 환영하는 건 아니었다.

 정화수의 신비한 원리와 제조 방법은 너무나 불가사의했고, 정화수가 가지고 있는 치명적인 주의 사항들도 너무나 불안했다. 하지만 그런 의견들은 묵살되었다. 불안감만으로 반대하기에는 정화수가 가진 활용도가 너무나도 컸다.

 정화수의 대중화가 잘될수록 국가 경쟁력은 올라갔고, 어떤 국가는 아예 정화수를 국가 공식 사업으로 지정해버렸다. 전 국민에게 정화수를 지원하는 걸 목표로 개발사에 전폭적인 지원을 했다.

 한 국가가 시작하자, 다른 국가들도 질세라 정화수 사업을 국가 공식 사업으로 지정해 우후죽순으로 정화수 공장을 세워나갔다.

 각 나라의 지원을 등에 업은 개발사는 정말 수많은 공장에서 정화수를 뽑아냈다. 그럼에도 불구하고 한 나라의 모든 국민이 사용할 물량을 내놓진 못했다.

 전 국민 정화수 사용을 목표로 사업을 지원한 국가들은, 정화수 개발사를 압박했다.

"공장을 몇 개나 지어줬는데 이 정도밖에 못 뽑아낸단 말입니까? 듣자 하니 하루 16시간만 공장을 가동한다던데, 24시간 가동해서라도 물량을 뽑아주십시오."

개발사는 반대했다.

"안 됩니다. 한 번도 그렇게 기계를 돌려본 적이 없습니다. 그렇게 기계를 돌리면 기계에 과부하가 걸릴지도 모릅니다. 그러다가 무슨 일이 벌어질지 알 수 없단 말입니다."

하지만 국가에는 입장이란 게 있었다.

"듣자 하니, 옆 나라는 전 국민 정화수 지원율이 60퍼센트에 육박한다지요? 우리 나라는 고작 45퍼센트밖에 되질 않습니다. 이대로 흘러가다간 국가 경쟁력에서 옆 나라에 뒤처지는 건 불보듯 뻔한 일입니다! 그러니, 앞으로는 공장을 24시간 가동하세요!"

"그랬다간 어떻게 될지 장담할 수가…"

"그냥 그렇게 하세요! 일단 지금도 계속해서 공장을 지어드리고 있으니, 공장이 완성될 때까지만이라도!"

어쩔 수 없이 개발사는 정화수 공장을 24시간 가동하기로 했다. 그리고 그 소식은 하루가 지나기도 전에 다른 국가들에 퍼졌다.

"옆 나라에서는 공장을 24시간 가동하기로 했다면서요? 그럼 우리 나라도 그렇게 하세요."

"하지만 그랬다간 과부하가…"

"다른 나라에 뒤처질 순 없습니다! 다른 나라는 전 국민 정화수 지원율이 100퍼센트일 때, 우리 나라만 뒤처져서야 되겠습니까? 24시간 가동하세요. 못 하겠다면 저희가 강제로라도 그렇게 하겠습니다."

"…"

결국, 전 세계의 국가들 모두 정화수 공장을 24시간씩 가동했다.

개발사의 우려와는 달리, 기계를 24시간 가동해도 문제가 발생하지 않았다. 국가들은 만족했고, 공장은 쉼 없이 돌아갔다.

일주일이 지나고, 한 달이 되었을 때. 대부분의 국가가 전 국민 정화수 지원율을 100퍼센트에 가깝게 올릴 수 있었다.

전 인류는 피곤을 모르게 되었다. 인간의 하루 활동 시간이 23시간으로 길어졌다.

사람들은 무슨 일을 해도 최고의 능률을 발휘했다. 예술가들은 쉼 없이 영감을 터트려 문화를 꽃피웠고, 과학자들은 하루가

흐르는 물이 되어

다르게 과학을 발전시켰다.

인류는 그야말로 역사상 최고의 전성기를 맞이하게 되었다.

하지만, 전성기는 딱 한 달이었다.

한 달이 지나고 어느 날, 개발사의 우려가 결국 현실이 되고 말았다.

전 세계의 정화수 공장에 과부하가 걸려, 동시다발적으로 폭발하고 만 것이다.

공장 주변의 사람들은 급히 대피했다.

예상보다 큰 피해는 없었다. 공장 안에서 일하다가 직접적으로 피해를 본 극소수를 제외하면, 주변에는 그 어떤 피해도 없었다.

끊임없이 연기를 피워 올리는 정화수 공장들을 보고, 사람들은 생각했다.

"뭐야? 과부하가 걸려 폭발해도 별거 아니잖아? 얼른 공장을 복구해서 다시 가동해야지!"

이미 사람들은 정화수 없이는 살 수 없을 정도로 중독되어 있었고, 최대한 빨리 공장을 다시 가동하는 것에만 혈안이 되어 있었다.

고작 이 정도 피해라면, 정화수 공장이 다시 폭발한다 해도, 그다음 공장 역시 24시간씩 돌려도 되겠다고 생각했다.

사람들은 몰랐다. 정화수 공장의 폭발이 얼마나 큰 재앙이었는지, 전혀 몰랐다.

사람들이 그것을 알아차린 건, 폭발 뒤 첫 비가 내렸을 때였다.

"까악! 내 다리!"

"무, 물?"

"이, 이건! 정화수야! 정화수 비야!"

정화수 공장에서 끊임없이 피어 오르던 연기는, 하늘로 올라가 구름이 되었다. 구름이 되어 온 세상에 비를 뿌렸다. 정화수 비를.

사람, 동물, 식물, 지상에서 비를 맞은 모든 생물이 물이 되어 흘렀다.

정화수는 이름처럼 마치 세상을 정화하듯, 하염없이 내리고 내리고 내렸다.

사람들은 모두 흐르는 물이 되었다. 흐르는 물이 되었다.

영원히 늙지 않는 인간들

[영원의 구 가상 투표 결과, 올해도 역시 영원의 구 사용이 유지될 것으로 보입니다. 투표율을 살펴보면 67퍼센트로 작년 대비…]

"빌어먹을 늙은이들!"

김남우가 신경질적으로 회의 테이블을 쾅! 내려쳤다.
인류진화위원회 회장 김남우는 매년 돌아오는 이 투표 결과를 도저히 받아들일 수가 없었다.

"미친 늙은이들이 도대체 언제까지 살려고! 야! 꽁치야! 소주 좀 꺼내 와!"

옆에 앉아 있던 공치열도 얼굴이 안 좋았지만, 일단은 김남우를 만류했다.

"어제도 마셨잖아, 형. 알코올 분해 능력을 생각해야지."
"시끄러워! 이 상황에 술을 안 마실 수 있겠어? 그냥 가져와!"
"아으…"

어쩔 수 없다 생각한 공치열이 의자에서 폴짝 뛰어내렸다.
그러고는, 아장아장 짧은 다리를 놀려, 냉장고로 향했다. 까치
발을 해 소주병을 꺼내들고 돌아와 건네는 공치열.
김남우는 작은 손으로 소주병을 받아들어 병째로 한 모금을
마시고는, 정말로 괴로운 표정으로 신음했다.

"크으! 망할. 야! 너도 한잔해!"
"난 한 모금도 못 하는 거 알잖아, 형."
"어휴, 빌어먹을!"

겉모습이 고작 10살 전후로 보이는 소년들, 김남우와 공치열.
그들의 나이는 32살, 30살이었다

:
:

20년 전. 한 외계인이 지구로 관광을 하러 찾아왔다. 통일 인
류의 정부는 외계인을 극진히 대접해주었고, 만족스럽게 지구

영원히 늙지 않는 인간들

관광을 끝낸 외계인은 정부에 한 가지 선물을 두고 갔다.

영원의 구. 이음새 없이 정교하게 원형을 이루고 있는 금속 재질의 물체였다.

그 영원의 구 덕분에 인간들은 영원히 늙지 않게 되었다. 30살은 영원히 30살이었고, 20살은 영원히 20살이었다.

하지만 문제가 있었다. 늙지 않는 것은 좋았지만, 성장 또한 멈춰버린 것이다.

10살은 영원히 10살이었고, 갓난아기는 영원히 갓난아기였다.
영원의 구는 누군가에겐 영원한 젊음을 의미했지만, 누군가에겐 영원한 정체를 의미했다.

처음 몇 년이야 나이를 먹지 않음에 대부분이 환호했지만, 나이를 먹어도 성장하지 않는 자신들의 신체에 불만을 가진 어린 사람들의 목소리가 터져 나오기 시작했다.
영원히 어린아이의 몸으로 살아야 했던 이들은 민간단체 인류진화위원회를 구성해, 영원의 구 사용 중지를 위해 활동했다.

결국 정부는 1년에 한 번씩, 영원의 구 사용 여부를 전 인류 투표에 부쳤다. 그 결과는?

20년째 단 한 번의 예외 없이, 영원의 구 사용을 유지하는 쪽이 승리해왔다.

그래도 그들은 열심히 활동했다. 어린아이의 몸으로 각종 서명운동을 하고, 영원의 구의 폐단을 세상에 알리기 위해 짧은 다리로 열심히 뛰어다녔다.

그러나 결과는 항상 투표 패배였고, 매년 무력감에 빠진 회원들이 하나둘 빠져나가 결국 김남우와 공치열만 남게 된, 사실상 이름뿐인 위원회가 되어버렸다.

∶
∶

"도대체가 왜! 왜 영원의 구 사용을 멈추질 않는 거냐고!"

방의 분위기는 어두웠다. 매년, 그래도 올해는, 그래도 올해는! 하는 마음으로 달려왔지만 반복되는 투표 결과가 둘을 무력하게 만들었다.

사실, 이번 해에는 가능성이 있다 생각했다.

보수 정권이 물러가면서, 언론 매체들에도 영원의 구의 폐단에 대한 기사들을 몇 줄이나마 실을 수 있었고, 인터넷과 SNS 상으로도 영원의 구 사용을 중지해야 한다는 여론을 모을 수 있었다.

인류진화위원회는 올해에 모든 힘을 쏟아부었고, 실제 가상 투표율 전망도 근소한 차이로 과반수를 넘어섰지만 어느 순간 한 방에 여론이 역전당했다.

바로 나이 폭탄 때문이었다.

항상 투표일이 다가오면 각종 언론 매체들은 나이 폭탄에 대해 떠들어댔다.

[영원의 구 사용을 중지하면, 그동안 늙지 않았던 나이를 한꺼번에 먹는다는 이야기가 있습니다. 가능성이 있는 얘기로, 만약 올해 투표로 영원의 구 사용이 중지된다면, 겉나이 30살인 분들은 순식간에 50대의 몸으로 늙어버리는 상황이…]

결국 늘 그랬던 것처럼 가상 투표율은 크게 역전되었고, 마지막까지 남아 있던 위원회의 회원들이 모두 나가버린 것이다.

"그놈의 나이 폭탄! 근거도 없는 얘기를 도대체 왜 매년 떠들어대는 거냐고!"

분노하는 김남우의 옆에서 공치열이 한숨을 쉬었다.

"결국은 여론이야, 형. 우리 말을 실어주는 언론이 거의 없는

데 어떻게 투표를 이기겠어?”

“염병! 다 똑같은 족속들이야! 빌어먹을 늙은이들!”

사실, 영원의 구의 폐단은 많았다. 그러나 그 어떤 언론도 영원의 구의 폐단에 대해 자세하게 언급하지 않았다.

방송사들은 그들의 목소리를 실어주지 않았고, 인터넷상에서 아무리 열심히 활동한다 해도 현실의 투표에서는 늘 패배했다.

김남우가 답답함에 자기 몸보다 큰 의자로 몸을 묻을 때, 공치열이 조심스럽게 제안했다.

“저기 형, 그러면, 전파 납치를 해보는 게 어때?”

“전파 납치?”

“내가 아는 사람 중에 두더지 형이라고 이상한 거 만드는 사람이 있는데, 그 형이 마음만 먹으면 지상파방송을 30분은 훔칠 수 있대.”

“정말이야?”

김남우가 눈을 빛내며 몸을 일으켜 세웠다.

“30분? 30분이면…”

김남우의 머리가 빠르게 돌아갔다.

영원히 늙지 않는 인간들

“최대한 팩트들을 추려서 영원의 구가 가진 폐단을 세상에 알릴 수 있어. 30분이면 충분해! 정식 투표 하루 전날 피크 타임에 화면을 훔칠 수만 있으면!”

“근데 형, 그게 범죄라는 게 문제이긴 한데.”

“그딴 걸 따질 때야? 20년을 참았어! 이젠 수단과 방법을 가리지 않을 때가 됐다고! 그 양반, 어디 가면 만날 수 있어?”

말을 하는 김남우의 얼굴이 결의에 차 있었다.

:
:
:

꽁치의 안내를 받아 도착한 도시 외곽의 지하실. 두더지라는 인물은 정말로 통통한 두더지를 닮은 아이였다.

두더지는 마찬가지로 10대 초반의 체구를 가지고 있었는데, 기름때 묻은 작업복 차림에, 검은 얼룩으로 물든 작은 손은 그 겉모습과 어울리지 않았다.

그래도 작업실 주변에 가득한 기능을 알 수 없는 기계들이, 두더지가 범상한 인물이 아님을 알려주었다.

“저희를 도와주실 수 있겠습니까?”

“범죄자가 되긴 싫은데…”

김남우의 부탁에 두더지는 망설이고 있었다. 김남우는 끈기 있게 설득했다.

"왜 영원의 구가 멈춰져야 하는지는 알고 계시지 않습니까?
이대로 가다간 인류는 멸망하고 말 겁니다."
"그건 그런데. 으음."

두더지가 계속해서 망설이자, 옆에 있던 공치열이 답답해하
며 소리쳤다.

"아, 형! 형, 섹스해보고 싶다고 그랬잖아! 죽기 전에 섹스는
해보고 싶다고!"
"커, 커흠! 꽁치 인마, 너!"
"그러려면 일단 영원의 구를 멈춰야 할 거 아냐! 그래야 죽기
전에 뭐라도 해보지!"
"크흠흠…"

두더지의 얼굴이 붉어졌지만, 공치열의 다그침이 효과가 있
었다.

"알겠소. 그 대신, 절대 내가 관련돼 있다는 사실을 밝히지
말아야 합니다! 만약 경찰에 잡혀가도 나는 전혀 모르는 일인
거요!"
"아! 감사합니다! 물론입니다. 모든 책임은 저희가 지겠습니다."

"크흠. 30분만 잡아주면 되는 거요?"

"더 길게도 가능하시면, 길수록 좋고요."

"글쎄. 30분도 가능할지 잘 모르겠는데. 방송국들도 대응을 할 테니."

"아무튼 최대한 부탁드립니다. 날짜는 정확히, 영원의 구 투표 전날입니다."

두더지의 다짐을 받은 김남우는 더욱 결의에 찬 모습이었다.

⋮

김남우와 공치열은 그 작은 몸으로 열심히 컴퓨터와 서류들을 뒤적거리고 있었다.

작은 팔을 빠르게 놀리고, 짧은 다리로 뛰어가며 사전 자료들을 모았다.

"확실하게 증명된 팩트로! 실화 사례들을 모아보고, 가능하면 당사자 인터뷰도 따와야 돼!"

"어, 어!"

"관련 논문들 다 뒤져보고, 통계치들 다 구해보고! 할 일이 많다, 꽁치야! 뛰자 뛰어!"

"어, 엉!"

작은 몸으로 삘삘대며 움직였지만, 둘의 얼굴빛만은 살아 있었다.

⋮

두더지의 지하실, 김남우가 어울리지 않는 양복을 차려입고 카메라 앞에 서 있었다.

손에 든 대본들을 훑어보며 시계를 확인하는 김남우. 카메라 뒤의 두더지에게 말했다.

"이제 3분 남았습니다."
"준비 오케이야!"

김남우의 고개가 다른 쪽의 공치열에게 향했고, TV를 확인하고 있던 공치열이 대답했다.

"방금 시청률 최고 드라마 시작했어!"

고개를 끄덕거린 김남우. 긴장된 얼굴로 카메라를 바라보았다. 이윽고 시계를 보던 두더지가 장치를 작동시켰다.

"좋아, 지금 간다!"

자세를 바로잡는 김남우. TV 화면을 확인하던 꽁치가 외쳤다.

"형 나온다! 나와!"
"쉿!"

둘이 침묵하자, 카메라를 똑바로 바라보던 김남우가 연설을 시작했다.

"안녕하십니까? 인류 여러분. 인류진화위원회의 김남우입니다. 30분만 여러분의 시간을 뺏겠습니다."

인사말을 한 뒤, 잠깐 눈을 감았다 뜬 김남우는 톤을 높였다.

"바로 내일이 영원의 구 사용 투표일입니다. 그 전에, 여러분께 단도직입적으로 드리고 싶은 말씀이 있습니다. 영원의 구 사용을 중지해주십시오. 영원의 구가 인류에게 가져온 폐단들, 그 진실을 언제까지 외면할 순 없습니다."

김남우는 양팔을 벌리며 말했다.

"제 몸을 보십시오. 20년째 초등학생의 몸입니다. 저 같은 이들의 괴로움을 예상하시겠다고요? 이해하시겠다고요? 아니요, 아마 반도 이해하지 못하실 겁니다. 그동안의 언론들은 충분히 알려주지 않았습니다. 직업도 가질 수 없고, 결혼도 할 수 없고, 꿈은 사치입니다. 이 몸뚱이로는 술조차 제대로 못 마시고, 여행도 못 가고, 취미 생활도 힘들고, 네, 섹스도 못 합니다. 그럼, 저보다 어린 이들은 지금 어떻겠습니까? 그럼 20년째 갓난아기인 이들은 어떨까요?"

김남우는 자료를 들어 보였다.

"두뇌 발달이 안 된 갓난아기들은 20년째 갓난아기로 살 수밖에 없습니다. 그렇다면 그들을 20년째 키우고 있는 부모들은 어떨까요? 매일 밤 서너 시간씩 쪽잠을 자며 아기들을 돌봐야 하는 부모들은? 20년째 모유 수유를 하고, 20년째 똥기저귀를 갈아야 하는 부모들은? 그러면서도, 내일이면 아이가 자라나 나아질 거라는 희망도 없는 부모들은?"

김남우는 기사들 자료를 넘기며 말을 이었다.

"매해 사망하고 버려지는 영아들의 숫자가 기하급수적으로 늘어나고 있습니다. 특히, 영원의 구 투표 다음 날이 가장 높습니다. 그 아이들을 누가 죽이고 있는 건지 예상이 되십니까? 예상이 되신다면, 그들을 누가 비난할 수 있겠습니까?"

김남우는 잠깐 호흡을 정리하며 높아진 톤을 낮추고, 다시 이야기를 이었다.

"불임 부부 문제가 언제부터 방송에서 사라지게 된 걸까요? 왜 우리는 불임에 관한 소식들을 뉴스로 볼 수 없게 된 걸까요? 누가 의도적으로 막는 걸까요? 아시다시피 우리는 임신을 해도, 아이를 가질 수가 없습니다. 아이가 배 속에서 자라지를 않는다는 겁니다. 이 말이 얼마나 무서운 말인지 모르십니까? 인류는 매년 그 숫자가 한없이 줄어들고 있습니다!"

김남우는 통계자료들을 펼쳐 보이며 분노했다.

"늙지 않는다고, 우리가 불사신입니까? 교통사고, 자연재해, 전쟁, 살인! 인류는 끊임없이 그 수가 감소하고 있습니다! 한데, 새로 태어나는 아이들은 없습니다! 이 말은! 이대로 영원의 구 사용을 지속한다면, 결국 지구상에서 인류는 멸종하고 말 것이란 겁니다! 그때 가서 영원의 구 사용을 중지할 겁니까?"

시뻘건 얼굴로 서류들을 집어 던진 김남우는 소리쳤다.

"인류가 멸망하지 않으려면 영원의 구 사용을 당장 중지해야 합니다! 인간을 순환시켜야 한단 말입니다! 순환! 순환! 순환! 우리는 지금 모두 멈춰 있습니다! 누가 멈추길 바랍니까? 기득권들! 지구가 멸망하든 말든 자기가 쥔 것을 놓지 않으려는 기득권들! 영원히 인생의 절정기를 보내고 싶은 기득권들! 어린 몸을 가진 이들은 나이를 먹어도 영원히 직업을 가질 수 없고, 이미 가진 이들은 영원히 기득권을 놓지 않고!"

김남우는 눈이 충혈될 지경이었다.

"가진 자들의 영원을 위해, 못 가진 자들의 미래가 희생되어야 하는 세상! 그것도 인류의 멸망을 조건으로! 이런 세상을 바꿔야 하지 않겠습니까? 영원의 구는 멈춰져야 합니다! 영원의 구가 멈추면 나이 폭탄을 맞는다고요? 단 한 번도 증명된 적이 없습니다! 단 한 번도 멈춘 적이 없으니까! 늙기 싫어하는 권력자들이 만들어낸 루머입니다! 헛소문입니다! 영원의 구는 반드시 멈춰져야 합니다! 인류가 멸망하지 않으려면!"

김남우는 마치 피를 토하는 듯했다. 찍고 있는 두더지가 다 비장해질 정도였다.
김남우는 카메라를 노려보다 눈물을 흘리며, 담담한 톤으로 마지막 솔직한 진심을 말했다.

"정말… 자라고 싶습니다… 제발… 늙어주십시오…"
"…"
"…"

타이밍에 맞춰, 공치열이 보고 있던 TV 화면이 원래대로 돌아가버렸다.

셋은 아무 말도 하지 않았다. 먹먹한 침묵이 지하실을 메웠다.

⋮

"혀, 형! 인터넷 지금 대폭발이야! 반응이 폭발적이라고!"

공치열이 들뜬 얼굴로 말했다. 기쁜 표정을 숨길 수 없었다.

"여론이 완전히 돌아섰어! 가상 투표 결과도 반전됐어! 이대로라면 무조건 내일 투표는 승리야!"

"…"

공치열의 눈시울이 붉어졌고, 그건 김남우도 같았다.

"내일은 꼭! 소주 한잔하자, 꽁치야!"

"…그래, 형!"

둘은 괜히 서로를 보며 웃었다.

⋮

[정말 아슬아슬했습니다! 20□□년, 영원의 구 투표 결과! 찬성 52퍼센트로, 올해도 영원의 구 사용이 유지됩니다!]

"…"

김남우, 공치열, 두더지는 말문을 잃었다. 굳은 얼굴의 둘보다, 두더지가 더 분개했다.

"크흠! 염병할, 왜 이따위야? 늙은 새끼들은 그렇게까지 늙기가 싫은 거야?"

세상 다 산 듯한 목소리로, 공치열이 말했다.

"역시 나이 폭탄 때문이에요… 그놈의 20년 나이 폭탄 타령이 무서워서 나이 먹은 사람들은 죄다 찬성표를 던지니…"

"…"

고개를 숙인 채 한참 말이 없던 김남우. 무서운 눈빛으로 두더지에게 물었다.

"영원의 구 관리 시설에 몰래 침입할 방법이 있겠습니까?"

"형!"

"그래. 그 나이 폭탄이라는 게 있는지 없는지, 내가 보여줘야겠어. 어떻게든!"

영원히 늙지 않는 인간들

형형한 눈빛의 김남우가 이를 갈았다.

김남우가 가만히 두더지를 쳐다보자, 미간을 좁히고 고민에 잠겨 있던 두더지가 입을 열었다.

"굳이 하자면 불가능할 것도 없소. 한데 많은 계획을 짜야 할 겁니다. 아주 많은."

"두더지 형. 남우 형. 그건 너무 무모한…"

"꽁치야! 영원히 그 몸뚱이로 살래? 투표로는 안 돼! 이놈의 세상은 투표로는 절대 바뀔 수가 없어! 직접 영원의 구 사용을 멈춰주겠어, 내가!"

"혀, 형…"

꽁치는 걱정 어린 얼굴로 김남우를 쳐다보았지만, 이미 김남우는 결심을 굳힌 듯했다. 두더지도 조금은, 김남우의 얼굴을 닮아 있었다.

:
:

"…"

"…"

"땅굴을 팔 거라고 예상했는데…"

어두운 밤, 세 아이가 열기구에 타 하늘을 날고 있었다.

"크흠! 편견입니다! 어느 세월에 땅굴을 팝니까? 하늘에서 내려가는 게 빠르지!"

"예에. 근데 이거, 지상에서는 전혀 감지가 안 되는 겁니까?"

"물론! 감지는 물론이고, 특수 코팅 덕에 육안으로도 밤하늘과 똑같이 보일 겁니다. 내려갈 때가 조금 문제지만…"

셋은 똑같이 생긴 검은 슈트를 입고 있었다. 공치열이 겁먹은 얼굴로 말했다.

"나 정말 무서워서 못 뛰어내릴 것 같은데…"

"크흠! 걱정하지 마! 무소음 자동 낙하산이니까, 가만히 있어도 옥상 물탱크 위로 정확히 떨어질 거라고!"

"테스트해봤어?"

"…크흠. 아니."

공치열의 얼굴이 일그러졌지만, 김남우의 얼굴은 단호했다. 곧, 두더지의 손에 들린 노트북이 낙하 지점을 알려왔고 셋은 몸을 던질 준비를 했다.

셋은 가운데에 공치열을 끼고, 입에 천을 문 채로 동시에 뛰어내렸다.

휘이이익!

셋은 조용히 펼쳐진 낙하산을 타고 정확히 물탱크 위에 착지

했다. 그러나 거의 떨어지다시피 착지하며 물탱크 위를 구른 공치열.

충격 흡수 슈트 덕에 다치진 않았지만, 공치열은 얼른 천을 뱉어내며 놀란 마음을 토해냈다.

"으아아! 뭐가 이렇게 아파?"

"크흠. 그래도 소리는 안 났잖아."

"가자!"

옥상에 내려선 그들은, 두더지의 주도하에 건물로 진입했다. 아장아장 조심스럽게 움직인 세 사람은 비상계단 쪽으로 들어와 모여 앉았다.

"이쪽 비상계단으로 내려가면 비상문이 중앙 관리실로 연결돼 있습니다. 물론 잠겨 있을 거지만. 그거야 내가 뚫으면 되고. 문제는 안에 있을 경비요."

"…영원의 구는 항상 경비가 지키고 있습니까?"

"그게 정보가 없소! 안에 누가, 몇 명이 어떻게 있을지 전혀 모릅니다. 구조라고 해봐야 방송에서 보여준 단편적인 화면밖에 없고."

두더지가 꺼내든 영원의 구 사진에는, 원형의 복잡한 기기들로 가득한 방의 모습이 찍혀 있었는데, 방 한가운데에 영원의 구가 세워져 있었다. 그 앞에는 기찻길의 레버처럼 길다란 레버가 왼쪽으로 당겨져 있었고.

"경비가 있다면… 그냥 다 무시하고 달려서 일단 이 레버만 당겨버립시다. 누가 됐든 간에."
"음…"

셋은 고개를 끄덕거리고 움직였다.
다행히 비상계단에 경비는 없었고, 셋은 무사히 비상문 앞에 도착할 수 있었다. 김남우가 문에 귀를 바짝 갖다 댔다.

"소리 들려, 형? 누구 있어?"
"…없는 것 같은데."

곧 두더지가 고개를 끄덕이고는 공구를 꺼내어 잠긴 문을 열었다. 조심스럽게 자세를 잡고 천천히 문을 열자, 김남우가 안을 살피더니, 작은 목소리로 말했다.

"…한 명 있다. 경비라기보다는 관리자 같은데. 멀리 의자에 앉아 등을 돌리고 있어."

서로를 바라보며 고개를 끄덕거리는 셋. 그들은 조심스럽게 안으로 진입했다. 작은 몸을 더 작게 엎드려 천천히 기어서 관리자에게 접근했다.

뒤로 기지개를 켜다가 바닥의 셋을 발견하는 관리자.

"뭐, 뭐야, 너희?"
"이런, 씨!"

벌떡 일어난 김남우가 관리자를 향해 달려들었다. 그러나 초
등학생의 몸을 던져봐야 소용없는 일이었다. 김남우는 간단하
게 옆으로 밀쳐졌다.

"큭!"

곧바로 공치열과 두더지도 관리자에게 달려들었다.

"이, 이 새끼들이 뭐! 읍!"

급히 다시 일어난 김남우가 온 힘을 다해 관리자의 입을 막
고, 꽁치가 다리를 잡아 넘어뜨리고, 쓰러진 관리자의 상체를 두
더지가 찍어 눌렀다.
말 그대로, 어린아이 셋이서 관리자의 몸을 삼등분하여 제압
했다.
급히 가방에서 꺼낸 테이프로 관리자를 결박하던 두더지는

가장 먼저 그의 입을 막았다.

"으읍! 읍! 읍!"

손을 뒤로 묶었더니 꼭 새우처럼 바닥에 눕혀진 관리자. 그는 온몸으로 발광하기 시작했다.

"혀, 형! 이러다 사람들 다 모이겠어!"
"크흠! 기절시켜야 하나?"
"시간 없어!"

김남우는 곧바로 영원의 구로 달렸다. 뒤이어 망설이던 두 사람도 관리자를 놔두고 후다닥 달려갔다.

영원의 구 앞에는 왼쪽으로 젖혀진 레버가 있었고, 단박에 레버를 잡은 김남우가 힘껏 오른쪽으로 당겼다.
한데,

"큭?"

레버가 당겨지질 않았다. 뒤를 돌아보며 둘을 부르는 김남우.

"안 당겨져! 빨리!"

곧장 레버에 달라붙은 셋이 동시에 낑낑거리며 오른쪽으로 힘껏 잡아당겼다.

그래도 레버는 넘어가질 않았고, 이상하게 생각한 두더지가 레버를 살펴보고는 다급히 소리쳤다.

"자, 잠깐! 뭐야? 레버가 고정돼 있잖아?"
"뭐?"

그제야 레버의 아랫부분을 바라보는 김남우. 두더지의 말대로 레버의 아랫부분은 움직일 수 없도록 시멘트로 메워져 있었다.

"이, 이런 빌어먹을… 이걸 막아뒀다고?"

김남우는 극렬히 분노했다.

"애초에 투표 같은 건 상관없이 영원히 레버를 고정해둘 셈이었어? 이 새끼들이 진짜!"
"어, 어떡하지, 형?"

공치열과 두더지가 다급한 얼굴로 김남우를 쳐다봤다.

"…"

김남우는 심각하게 생각에 잠겨 있다가 눈을 형형하게 뜨며 고개를 들었다.

"상관없어!"
"뭐?"

뒤로 멘 가방을 앞으로 돌려 여는 김남우. 가방 안에서 무언가를 꺼낸다.
곧 화들짝 놀라 커지는 두더지의 눈.

"TNT? 폭탄?"
"뭐어? 형?"
"영원의 구를 파괴해버릴 거야!"
"뭐?"

놀란 얼굴의 둘은 안절부절못했다.

"혀, 형! 그랬다가는 어떻게 될지가!"
"그럼 사람들이 우릴 죽이려들 겁니다! 다시는 영원의 구를 사용할 수 없게 되기라도 하면!"
"그게 내 목표야!"
"뭐?"

김남우는 이를 갈며 영원의 구를 노려보았다.

"영원의 구 같은 건 애초에 필요 없는 물건이었어! 인류에게 선물이 아니라, 재앙일 뿐이야! 인류는 영원의 구가 없었던 시절로 돌아가야 돼. 앞으로도 영원히!"

광기에 찬 김남우의 얼굴을 본 공치열이 다급히 반대했다.

"그, 그런! 형! 우리도 나이 먹으면 영원의 구가 필요해질 수도 있다고!"

강렬하게 공치열을 노려보는 김남우.

"이 새끼가 그걸 지금 말이라고? 나이 먹고서는 우리도 필요해질 거라고? 지금의 빌어먹을 기득권처럼 우리도 변할 거란 말이야?"

"꼬, 꼭 그런 말은 아니라! 사람 일은 어떻게 될지 모르니까! 어? 솔직히 우리도 한창 때의 나이가 됐을 때… 안 늙으면 좋잖아?"

"공치열!"

"큭…"

기함한 김남우가 공치열을 노려보다가, 폭탄을 영원의 구에 장착했다.

"빨리 멀어져! 터지기 전에!"
"으으!"

포박된 관리자 쪽으로 달려가는 둘. 곧이어 김남우도 뒤따랐다. 관리자를 끌고 비상계단 쪽으로 빠져나가는 일행. 계단을 올라가서 곧,

"귀 막아!"

눈을 질끈 감고 폭탄 스위치를 올리는 김남우.

쾅!

층 너머로 폭발음이 들려왔다. 소란스러워지는 건물. 김남우는 얼른 달려가 문 너머를 확인했다.

"됐다! 됐어!"

영원의 구가 산산이 부서져 있었다.
급히 뒤돌아 일행에게 가는 김남우.

"됐어! 이제 영원의 구는 멈춰졌어! 옥상으로 가자! 탈출해야지!"

영원히 늙지 않는 인간들

"으, 응!"

다급히 빠져나가려는 셋.

"이런 멍청한!"

몸부림친 덕분인지, 관리자의 입을 막아두었던 테이프의 한 쪽 끝이 풀렸다. 김남우와 눈이 마주치자 악을 쓰는 관리자.

"왜 쓸데없는 짓거리를 저질러! 그런다고 너희들이 나이를 먹을 수 있을 것 같아?"

"뭐?"

관리자의 말에 멈춰 선 김남우. 관리자가 소리쳤다.

"씨발! 영원의 구 같은 건 없어! 없다고!"

"뭐?"

셋의 얼굴이 멍청해졌다.

"정부의 말을 믿었어? 외계인을 극진히 대접해줘서 외계인이 선물로 영원의 구를 주고 갔다고? 병신! 정부를 몰라? 정부가 얼마나 병신 같은 것들인지 모르냐고! 외계인을 대접했지! 아주 극진히 대접했어! 기술을 캐내려 했고, 해부를 해보려 했고, 도망가지 못하게 가뒀지!"

"뭐?"

"화가 난 외계인이 인류에게 저주를 내렸어! 영원히 인류가 성장하지 못하게 말이야! 영원의 구 같은 건 없어! 다 정부의 잘못을 가리기 위해 꾸며진 것들일 뿐이야!"

"그, 그럼 왜 레버를 돌리겠다는 투표를!"

"다 조작이라고, 병신들아! 인류에게 미래는 없어! 그냥 이렇게 영원히 소모되다가, 멸종할 뿐이라고!"

"…"

셋은 멍하니 할 말을 잃어버렸다. 미래를 잃어버린 사람들처럼…

.
.
.

[예~ 작년에 이어 올해도 영원의 구 투표 결과가 박빙이었습니다! 작년도에는 찬성이 52퍼센트였는데요, 올해는 51퍼센트! 그야말로 초박빙이었습니다!]

인류진화위원회의 사무실은 텅 비어 있었다.

아무도 없이, 텅 텅.

영원히 늙지 않는 인간들

공 박사의 좀비 바이러스

[드디어 좀비 바이러스를 완성했다! 이 좀비 바이러스로, 나를 버린 세상에 복수를 할 것이다!]

인터넷의 괴동영상은 사람들의 호기심을 끄는 데 성공했다. 그 동영상의 주인공이 바로 공 박사였기 때문이다.

공 박사. 그는 몇 년 전, 세포의 노화를 막으면 불로불사가 가능하다는 내용의 연구를 발표했고, 국가의 전폭적인 지원하에 연구에 들어갔다.

그러나 몇 년간 실적을 내지 못하고 실패만 거듭하자, 사람들은 공 박사를 비난하고 조롱했다. 결국 국가는 모든 지원을 끊어 버렸다. 심지어는 사기죄로 공 박사를 고발하기까지 했다. 공 박사는 간절하게 빌었다.

"제발! 조금만 더 연구할 수 있게 해주십시오! 다 됐습니다! 조금만 더 연구를 하면, 이번엔 반드시 성과를 보일 수 있습니다!"

하지만 돌아오는 건 비난과 조롱뿐이었다. 결국, 어느 날 갑자기 증발하듯 잠적해버린 공 박사. 그 공 박사가 갑자기 인터넷 동영상으로 나타난 것이다.

사람들은 그의 동영상에 호기심을 느꼈지만, 그의 말을 믿지는 않았다. 무슨 좀비 바이러스를 완성했다니?

한데, 공 박사가 예고한 시간에 정말로 사건이 일어났다.

중소 도시, S시의 가장 높은 빌딩 꼭대기에서 엄청난 폭발이 일어나며, 마치 포자가 퍼져나가듯, S시 전체가 붉은 연막으로 뒤덮인 것이다.

그 붉은 안개를 흡입한 S시의 사람들은 부들부들 떨며 바닥으로 쓰러져 경기를 일으켰고, 그 소식은 삽시간에 온 인터넷을 점령했다.

[진짜다! 진짜로 공 박사가 말한 대로 S시에 좀비 바이러스가 터졌다!]
[지금 S시 난리 남! 붉은 포자 폭탄 터지고 사람들 다 쓰러지고 완전 난리 남!]

공 박사의 좀비 바이러스

쓰러져 부르르 떠는 사람들의 모습이 담긴 동영상까지 돌아다니면서, 순식간에 국가 비상 경계령이 떨어졌다.

[S시로 향하는 모든 도로를 차단합니다! 국민 여러분들은 S시로의 진입을 삼가시길 바랍니다!]

사람들은 공포에 떨었다. 그동안 영화 같은 데서 봐온 덕에 좀비의 무서움에 대해 잘 알고 있었다.
곧, 여론과 정부의 방침이 S시의 봉쇄로 향해갈 때,

[헐~ 대박! 지금 우리 동네에 바이러스 퍼진 듯! 사람들 다 눈 빨개!]
[잉?]

뜻밖에도 S시에 사는 사람들이, 인터넷에 등장했다.
자신들의 도시에 무언가 터지고 나서 사람들 눈이 모두 빨개졌다며, 사진과 동영상으로 인증하기 시작했다.
당연히 사람들은 어리둥절했다.

[뭐야? 좀비가 어떻게 인터넷을 해?]

S시에 무언가 바이러스가 터지긴 터졌다. 시민들의 눈이 모두 붉게 변했고, 잠시지만 쓰러져 발작을 일으켰다. 그런데 그 외에는 아무런 변화가 없었다. S시는 멀쩡했다.

그래도 일단, 붉어진 눈에 대한 불안감은 있었다.

[S시의 시민분들은 절대 S시 밖으로 나오지 마십시오!]

출동한 군 병력에 의해 S시는 출입이 통제되었다.

"이게 무슨! 우리가 좀비도 아니고, 통제는 무슨 통제야?"
"아이씨! 출장 가야 한다고! 얼마나 바쁜데 무슨 소리를 하는 거야!"

당연히 S시의 사람들은 반발했다. 그러나 S시의 사람들을 제외한 모든 사람들은 하나같이 같은 목소리를 냈다.

"좀비 바이러스가 맞는지 아닌지는 몰라도, 일단은 기간을 두고 살펴봐야 하지 않겠습니까? 게다가 전염성이 있을지도 모르고…"
"그래! 시간이 흘러서 갑자기 좀비화되면 어떡해? 이건 인류의 생존 문제야!"
"신중하게 생각해야 합니다. 좀비 영화들을 보면, 모두 초반에 대처를 못 해서 일이 커져버렸습니다."
"차라리… S시를 아예 소각해버리는 건 어때? 불안해죽겠네!"

S시의 사람들은 답답했지만, 갇혀 있을 수밖에 없었다. 정부

에서도 이런 사태가 처음이라 어떻게 처리해야 할지 결정을 내리지 못하고, 일단 S시의 출입을 강제로 통제했다.

그런 와중에, S시에서 놀라운 소식이 들려왔다.

"S시의 병원에 있는 환자분들이, 모두 건강해지셨습니다!"
"뭐?"

S시의 모든 환자, 모든 시민의 몸이 건강해졌다.

"당뇨, 고혈압, 암, 백혈병, 심지어 에이즈까지! 모든 병이 다 사라졌습니다!"
"뭐? 말도 안 돼!"

곧, S시의 의사가 정리된 내용을 발표했다.

"이 바이러스가 정말 공 박사의 말대로 좀비 바이러스인지는 알 수 없습니다. 다만, 이 바이러스에 감염된 사람들은, 재생력이 인간의 한계를 월등히 뛰어넘습니다!"

S시의 사람들은 그야말로, 죽어도 죽지 않는 좀비의 재생력을 갖게 된 것이다.

시간이 지날수록 인터넷에 놀라운 글들이 올라오기 시작했다.

[헐! 나 완전 탈모였는데, 머리가 다시 자란다!]

[커터칼로 피부에 살짝 상처를 내도, 조금 지나면 바로 재생됨! 진짜 신기하네?]

[대박! 공장에서 사고 나서 손가락 하나 잃은 우리 삼촌, 손가락이 조금씩 자라나는 것 같아!]

S시 밖의 사람들은 황당했다. 무슨 좀비 바이러스가 저런 효과를 낸단 말인가?

좀비 바이러스에 감염됐다지만, 그들의 생활 방식은 인간의 것 그대로였다.

좀비처럼 살아 있는 인간을 뜯어 먹기 위해 발작하지도 않았다. 채식주의자는 그대로 채식을 했다.

먹고 자고 일하고 놀고, 평소와 똑같이 생활하면서도, 어마어마한 재생력의 혜택은 모두 보았다.

그러자 S시의 철저한 봉쇄를 주장하던 사람들의 태도가 조금씩 바뀌었다.

"뭐야? 오히려 감염되면 좋은 거 아니야?"

"공 박사가 불로불사를 연구하다 쫓겨났다더니, 연구에 성공한 거 아니야?"

"아, 탈모 부럽다… 정력도 좋아졌다며?"

공 박사의 좀비 바이러스

"전염성이 있을까? 나도 가면 감염될 수 있나?"

사람들은 점차 S시의 사람들을 부러워하기 시작했다. 그리고, 바이러스에 감염되고 싶어 하는 사람들이 S시로 숨어들었다.

"저는 암 말기입니다! 저를 한 번만 물어주십시오!"
"제 아이를 한 번만 물어주세요! 제 아이는 백혈병입니다!"

그들에겐 다행스럽게도, 좀비 바이러스의 전염성은 높았다. 근거리에서는 공기 중으로도 감염이 됐다.

"아! 정말로 병이 다 나았어!"
"와! 진짜 칼로 그어도 금방 재생되네!"

소문을 들은 사람들이 점점 더 S시로 모여들었다. 바이러스에 감염된 사람들에게서 한 달이 다 되도록 아무런 문제가 발견되지 않자, S시 봉쇄령은 유명무실해졌다.
약해진 경계를 틈타 S시를 빠져나가는 사람들이 발생했다. 곧, S시가 아니더라도 붉은 눈의 감염자들이 전국 곳곳에서 발견되기 시작했다.

결국, S시 봉쇄령은 풀려버렸다. 그것이 안전하다는 의미로 전해졌는지, 공 박사의 좀비 바이러스는 순식간에 전국으로 퍼져나갔다.

가장 먼저 불치병 환자들부터 시작해서 점차 일반인들 순으로. 전 국민이 붉은 눈의 좀비가 되었다.

다른 나라에서도 안전하다 판단했는지, 좀비 바이러스를 받아들였고, 3년이 채 안 되어 전 인류가 붉은 눈의 좀비가 되었다.

그야말로 좀비 혁명이었다. 학자들은, 인간이 한 단계 진화한 역사적인 순간이라 평가했다.

세상에 아픈 사람이 없어졌고, 장애인이 없어졌다. 불사는 아니었지만, 사고가 나더라도 쉽게 사망하지 않았다.

웬만한 상처는 신경 쓰지 않아도 된다는 것은 엄청난 일이었다. 조금 거창하게 말해서, 인류는 행동의 자유를 얻었다. 그것이 주는 이점은 생각보다 컸다.

단순히 기능적인 부분은 물론이고, 예술 같은 문화적인 측면에서도 커다란 발전의 토대가 되었다. 당장에 영화만 해도, 엄청난 액션 연기들이 진짜로 가능해졌으니까 말이다(손가락을 실제로 자르는 연기가 가능해졌다).

인류는 붉은 눈의 좀비가 된 것에 크게 만족했다. 인류의 역사에 있어, 한 단계 진화한 시대에 사는 것을 영광으로 여길 지경이었다.

공 박사의 좀비 바이러스

그때, 공 박사가 다시 나타났다.

[이제야 모든 준비가 됐군. 복수의 시간이다.]

다시 한 번 인터넷에 뜬 공 박사의 괴동영상을 본 사람들은 긴장했다. 복수라니? 사람들은 설마 하는 생각으로 떨었다.

불안한 시간이 흘러, 공 박사가 예고한 시간이 왔다. 다시 한 번 S시에 폭탄이 터졌다.

"으앗?"

S시의 가장 높은 빌딩 꼭대기에서 엄청난 폭발이 일어나며 포자가 퍼져나가듯, S시 전체가 새하얀 연막으로 뒤덮였다.

그 안개를 흡입한 사람들은,

"아앗? 눈이! 눈이 원래대로 돌아왔어!"
"뭐?"

다시, 좀비에서 인간으로 돌아가버렸다.

사람들은 깜짝 놀랐다. 원래의 눈으로 돌아가며, 엄청난 좀비의 재생력도 모두 사라졌다. 게다가,

"저, 전염된다! 인간 바이러스가 전염이 돼!"

사람들은 기겁했다. 그리고 어느 때보다 빠르게,

[S시를 봉쇄합니다! S시로 향하는 모든 도로를 봉쇄하고, 모든 출입을 제한합니다!]

붉은 눈의 전 인류는, S시를 철저하게 봉쇄했다. 개미 한 마리도 빠져나오지 못하게 막았다.
S시의 사람들은 당연히 반발했다.

"뭐야? 내보내달라고! 우리가 무슨 좀비도 아니고, 인간을 왜 가둬?"
"안 됩니다! 인간 바이러스의 확산을 막아야 합니다! 국제조약으로 S시의 봉쇄가 긴급 결의됐습니다! 바리케이드 밖으로 나오시는 분은, 발포가 가능합니다!"
"뭐, 뭐야?"

S시의 사람들은 어이가 없었다. 본인들이 왜 가둬져야 한단 말인가? 멀쩡한 인간인데?

그러나 S시 밖의 사람들은 S시를 보며 심각하게 토론했다. 붉은 눈이 더욱 붉게 충혈되도록 떠들어댔다.

공 박사의 좀비 바이러스

"S시를 어떻게 해야 한단 말입니까? 만약 저 인간 바이러스가 퍼지기라도 한다면!"

"단순히 봉쇄하는 것만으로는 한계가 있을 겁니다. 실수로 뚫리기라도 하는 날에는, 걷잡을 수 없는 사태가 벌어질 겁니다!"

"인류를 위해, 과감한 결단을 내려야 하는 것 아닙니까? 바이러스는 초기에 진압해야 합니다!"

S시의 사람들은 진짜 좀비 취급을 받게 되었다. 모두가 붉은 눈인 세상에선, 하얀 눈의 소수가 바이러스 감염자였다.

격하게 반발하는 S시를 힘으로 억누르며 봉쇄했을 때,

2차 폭발이 일어났다.

"젠장! P시에서도 인간 바이러스 폭발! 빌어먹을!"

3차, 4차, 5차 폭발이 일어났다.

"안 돼! 항구에서 인간 바이러스가 옮겨 갔다!"

"빌어먹을! 수도에서도 폭발이! 여긴 통제가 불가능해!"

"안 돼! 우리 도시에도!"

전 세계 곳곳에서 새하얀 폭발이 일어나고, 순식간에 인간 바이러스가 퍼져나갔다.

결국, 인류 대다수는 멀쩡한 눈의 인간이 되고 말았다.

사람들이 허탈해할 때, 공 박사가 통쾌하게 웃었다.

[이제 내가 그때 느꼈던 그 심정을 모두가 알까? 손에 보물을 쥐었다가 한순간에 빼앗긴 그 기분을 말이야. 내 연구 자료는 모두 불태웠다. 이젠 누구도 다신, 좀비로 돌아갈 수 없다!]

"…"

누군가는 호기롭게 말했다.

"애초에 원래 우리는 이런 인간이지 않았습니까? 모든 게 원래대로 돌아갔을 뿐, 그 이상도 그 이하도 아닙니다!"
"맞아. 원래대로 돌아갔을 뿐이지…"
"그래… 맞아…"

그래도, 아쉬웠다. 사람들은 큰 상실감을 느꼈다. 어마어마한 재생력으로 피곤함을 모르던 그때가 그리웠다. 가능만 하다면 공 박사에게 무릎이라도 꿇고 싶었다.
공 박사의 복수는 성공이었다.

협곡에서의 식인

　등산을 하던 김남우는 나비를 쫓아 무심코 등산로를 벗어났다가, 어느 순간 갑자기 발밑이 꺼지는 아찔함과 함께 정신을 잃었다.

　김남우가 다시 눈을 뜬 건, 벽을 오를 수 없는 협곡 아래의 틈에서였다. 정신을 차리려고 애쓰는 와중에, 중년 사내의 목소리가 들려왔다.

　"정신이 드시오? 꼬박 하루를 기절해 있었소."
　"으… 으… "

　김남우는 상황을 파악하기 위해 주변을 두리번거렸고, 중년의 사내 한 명, 한쪽에 따로 모여 있는 세 명의 여인을 볼 수 있었다.

초췌한 모습의 중년 사내는 산악인의 느낌을 풍겼는데, 김남우에게 다가와 상황을 설명해주었다.

"우리는 모두 이 협곡에 고립당한 상황이오. 보면 알겠지만, 이 협곡을 벗어나는 건 불가능하지. 구조대를 부를 방법도 없고…"

"무슨…"

김남우는 고통으로 인해 인상을 찌푸리며, 자리에서 일어나 주변을 둘러보았다. 사내의 말대로, 탈출 불가능한 기다란 항아리에 갇힌 듯한 모양새였다.

사내는 한숨을 쉬며 말했다.

"아무래도 저번 지진 이후로 이런 지형이 생긴 것 같은데, 하필이면 여기에 떨어져서!"

김남우는 정신이 없었다. 아직 현실감이 없었지만, 사내의 말대로라면 큰 위기 상황이었다. 급히 주머니를 뒤져 핸드폰을 찾아보는데, 사내가 손가락으로 한쪽을 가리켰다.

"댁의 핸드폰은 안타깝지만, 떨어지면서 산산이 부서졌소. 그것만 멀쩡했어도…"

협곡에서의 식인

김남우는 부서진 스마트폰을 바닥에서 주워 들었다. 사내가 말을 덧붙였다.

　　"내 핸드폰은 등산할 당시에 이미 배터리가 모두 나가 있었고… 저 여성분들은 짐을 모두 차에 두고 왔다더군."

　　김남우의 시선이, 멀리 떨어져 앉아 있는 세 명의 여인을 향했다. 중년의 여인과 그 딸로 보이는 고등학생 정도의 여학생 둘이 모여 앉아 있었는데, 약간은 이쪽을 경계하는 듯한 모양새였다.
　　김남우는 인상을 찌푸리며 주변을 다시 한 번 둘러보다가, 모든 짐이 파헤쳐져 있는 자신의 가방을 발견했다.

　　"아?"

　　김남우의 시선을 좇은 사내가, 약간은 민망하다는 듯이 말했다.

　　"아, 혹시 먹을 게 있나 해서… 미안하오. 사실 말이지, 내가 이곳에 갇힌 지가 벌써 3일째고, 저 여성분들은 2일째요. 먹은 게 거의 없어서…"

　　김남우는 그제야 사람들의 초췌한 모습이 눈에 들어왔고, 공포가 현실로 다가왔다.

"여, 여기에 3일이나 갇혀 계셨다고요? 그럼 구조는…"

사내는 힘없이 고개를 흔들었다.

"사람이 지나다니질 않소. 하루 종일 소리를 질러도 소용없더군. 마지막 희망은, 우리의 실종을 깨달은 누군가가 이 산으로 구조대를 보내서 수색하는 것인데… 글쎄? 어쩌면, 우린 여기서 죽을지도 모르지."

김남우의 얼굴이 하얗게 질렸다.

"말도 안 돼!"

김남우는 빠른 걸음으로 협곡을 돌았다. 벽을 더듬고, 올려다보며 탈출할 수 있는 방법을 찾아 헤맸다.
사내는 이미 다 해봤다는 듯, 주저앉아 김남우가 하는 행동을 가만히 바라보았다.

"사람 살려! 사람 살려요! 사람 살려!"

김남우는 울 것 같은 얼굴로, 협곡 위를 향해 쉴 새 없이 소리

협곡에서의 식인

쳤다.

 다른 넷은 굳이 말리지 않고, 혹시라도 김남우의 목소리가 기적을 일으켰으면 좋겠다 생각하며 힘없이 앉아 바라만 보았다.

⋮

 이틀이 지났다. 더욱 초췌해진 모습의 다섯이 모여 앉아 있었다.

 중년의 사내가, 심각한 얼굴로 운을 떼웠다.

 "이젠… 최악의 상황도 생각해야 할 때요."

 "…"

 사람들은 사내가 무슨 말을 꺼낼지 알기에 얼굴빛이 어두워졌다. 사내는 잠깐의 침묵 뒤에 말했다.

 "살기 위해… 식인을 해야 할 때가 올 거요."

 "아!"

 "으음."

 사람들이 신음을 흘렸다. 사내 역시 괴롭다는 듯 말을 이었다.

 "크음. 최대한 버티겠지만, 내 생각엔 앞으로 일주일이 한계일 것 같소. 언제까지 고인 빗물만 먹고 살 순 없지 않소? 그마저도 다 말라가는데… 만약 일주일 뒤에도 구조대가 오지 않는다면… 제비뽑기를 합시다. 이 의견에 반대하는 사람은 지금 말하시오."

"…"

아무도 입을 열지 않았다. 식인을 하고 싶지도 않고, 식인의 대상이 되고 싶지도 않았지만, 죽고 싶지도 않았다. 솔직히 지금도 배가 너무 고파 흙이라도 퍼먹고 싶은 심정이었다.

중년의 사내는 사람들 한 명 한 명을 둘러보며 고개를 끄덕거렸다.

"그럼 모두가 찬성하는 것으로 알고… 제발 기적이 일어나서 구조대가 오기를 기다립시다. 제발!"

"…"

모두가 같은 마음이었다.

그날 밤. 김남우와 함께 붙어 자던 중년 사내가 김남우에게 속삭였다.

"안심하게…"

"네?"

"아마도… 높은 확률로, 희생자는 저 엄마가 되지 않을까…"

"네? 그게 무슨…"

사내는, 저 멀리 한데 모여 잠을 자는 세 모녀를 힐끔 보며 말했다.

"제비뽑기에 딸들이 걸리더라도, 아마 엄마가 대신 나서지 않겠냐는 말일세. 그렇다면 저 엄마가 걸릴 확률은 5분의 3으로, 우리 중 가장 높지 않겠나?"

"아…"

김남우는 수긍했다. 물론 수학적으로는 말이 안 된다 생각하면서도, 사내의 말대로 왠지 안심이 되었다.

사내는 심각한 얼굴로 우물쭈물하다가, 작게 중얼거렸다.

"식인이라는 거, 그런 끔찍한 일은 없었으면 좋겠네만… 만약에 말일세, 만약… 그럴 일이 온다면, 자네가 나서주지 않겠나…"

"네?"

"나는… 사람을 죽일 자신이 없네. 미안하네. 하지만 용기가 없어, 정말로…"

"아…"

"그래도 이거 하난 약속하지. 만약, 자네가 걸린다면 내가 자네를 죽여주겠네. 그 대신에… 자네가 걸리지 않는다면, 자네가 좀… 죽여주게나."

김남우는 상상만으로도 끔찍했지만, 어쩔 수 없었다. 중년 사내가 걸린다면 당연히 자신이 죽여야 했고, 저 모녀 중 누군가가 걸린다 쳐도 김남우나 사내 둘 중 한 명이 죽여야만 했다. 그것을 사내가 도저히 못 하겠다고 한다면….

"…알겠습니다."
"휴… 고맙네…"

김남우는 씁쓸한 마음으로 잠이 들었다. 기적이 일어나, 내일 당장 구조되기를 바라며.

기적은 없었다.
일주일이 지난 후의 다섯은, 바닥에 쓰러진 산송장과 같은 모습이었다.
숨 쉬는 소리조차 희미하던 그때, 사내가 작게 한마디 했다.

"…제비뽑기를 합시다."

아주 작고 미세한 목소리였지만, 모두가 그 말에 반응했다.

협곡에서의 식인

사내가 일어나 앉아 자신의 옷을 찢었고, 누워 있던 사람들이 하나둘, 모여들었다.

사내는 주먹 쥔 손에 천 조각 다섯 개의 머리를 드러내놓고 말했다.

"이 중에 가장 짧은 천 조각을 뽑은 사람이… 희생하는 것으로."

막상 아무도 손을 뻗지 못하고, 무거운 침묵만이 흘렀다. 그때, 김남우가 입을 열었다.

"만약 제가 뽑히게 된다면… 마지막으로 드릴 말씀이 있습니다. 지금은 구차해 보여서 말씀을 못 드리지만. 혹시라도 제가 뽑히게 된다면 그때 말씀드리겠습니다."

사람들은 의아한 표정으로 그게 뭐냐고 물었지만, 김남우는 입을 다물었다. 다시 무거운 침묵이 흘렀다. 곧 침묵을 깨고 사내가 말했다.

"어서 뽑읍시다. 이건 어쩔 수 없는 일이오. 누구도 욕할 수 없는 일이란 말이지. 우린 우리가 처한 상황에서 최대한 인간성을 잃지 않았소. 누구 하나 악쓰지 않고, 민주적으로 제비뽑기까지 하고 있잖소? 만약 우리가 구조되어 식인 사실이 알려진다 해도, 그 누구도 우릴 욕할 수 없을 것이오."

사내의 말이 옳았다. 먼저 중년 여인이 손을 뻗어 천을 하나 빼 들었다. 여인이 손바닥 정도 길이의 천을 뽑아 들고, 눈짓으로 사내를 바라봤다.

"통과…"
"아…"

중년 여인이 한숨을 토해냈다. 다음으로 그녀의 첫째 딸이 긴 천을 뽑아 마찬가지로 통과되었다. 남은 김남우의 얼굴이 점점 긴장감으로 굳어갔다.

김남우가 한숨을 쉬며 손을 뻗다가, 같은 타이밍에 손을 뻗어 오는 둘째 딸과 마주쳐 멈췄다.

잠깐의 침묵으로 서로를 보다 김남우가 말했다.

"먼저 뽑겠습니까?"

둘째 딸이 고개를 끄덕거리며, 김남우가 뽑으려던 천을 뽑아 들었다.

"아!"
"아, 안 돼!"

협곡에서의 식인

손가락보다 더 짧은 길이의 천이 뽑혀 나왔다.

둘째 딸의 얼굴이 사색이 되고, 중년 여인과 첫째 딸의 얼굴이 일그러지며 신음이 터졌다.

사내는 손을 털어 남은 천을 모두 바닥으로 떨궜고, 김남우는 미안함과 안도가 섞인 복잡한 얼굴로 모녀를 보았다. 아무 말도 꺼낼 수 없었다.

불안한 공기가 흐르는 상황에서, 누구 하나 말을 꺼낼 수 없었다. 한참 만에 김남우가 겨우 한마디를 꺼냈다.

"최대한 고통 없이…"
"…"

김남우는 사내의 눈치를 살피다가, 굳어 있는 사내의 얼굴을 확인하고 자신이 총대를 메기로 결정했다. 누군가는 저 아이를 죽여야 했지만, 모녀의 손에 맡길 순 없었고, 사내가 행동하지 않는다면 남은 사람은 김남우뿐이었다.

둘째 딸이 바닥에 엎드려 있고, 김남우가 그 옆에서 바위를 준비했다. 다른 사람들은 모두 떨어져 등을 돌리고 있었다.

바들바들 떨고 있는 둘째 딸의 모습을 본 김남우가 착잡한 얼굴이 되었지만, 어쩔 수 없는 일이었다.

바위를 집어 든 김남우는 마지막으로 속삭였다.

"미안합니다…"

눈을 질끈 감고, 바위를 치켜드는 김남우. 남아 있는 힘을 모두 짜내어 한 번에 죽이기 위해 이를 악물고,

픽!

"하아… 하아…"

김남우는 두 눈을 부릅뜨며 고꾸라졌다.
김남우의 등 뒤로, 중년의 사내가 피 묻은 돌멩이를 들고 깊은숨을 몰아쉬고 있었다.

누워서 떨고 있던 둘째 딸이, 고개를 돌려 중년 사내를 향해 말했다.

"아, 아빠!"
"하아… 하아… 하아… 빌어먹을 제비뽑기!"

중년 사내는 죄책감 가득한 괴로운 얼굴로, 쓰러진 김남우를 내려다보았다.

:
:
:

협곡에서의 식인

김남우가 협곡의 틈으로 추락한 첫째 날.

세 모녀가, 김남우의 가방을 뒤져 먹을 걸 찾아보고 있었다.

중년의 사내는 김남우의 고장 난 스마트폰을 살려보려 애를 쓰다가 한숨을 쉬었다. 곧, 시선을 기절한 김남우에게 옮긴 채로 생각에 잠기는 사내.

"여보. 얘들아."

"…"

"만약을 대비해서… 나는 당신, 우리 딸들과 모르는 사람이 되어야 할 것 같아."

"그게 무슨 말씀이세요?"

"앞으로 어떤 일이 벌어질지 몰라… 만약 저자가 깨어났을 때, 자신을 제외한 나머지 넷이 한 가족이란 걸 알게 된다고 생각해봐. 위기 상황이 왔을 때, 저자가 궁지에 몰렸다 생각하고 어떤 돌발 행동을 할지 알 수 없어. 저자가 깨어난 뒤부턴, 난 생판 남으로 행동하며 저자와 함께해야 해. 그게 안전할 거야."

"…"

"그리고 혹시 최악의 경우에… 여기서 오랜 시간 고립되어, 우리가 제비뽑기를 하게 될 날이 올지도 몰라. 운이 좋아 저자가 걸린다면 다행이겠지만, 그렇지 않다면…"

중년 사내가 냉정하게 결의를 다졌다.

처음부터, 김남우의 미래는 정해져 있었다.

⋮

"살았어! 살았다! 얘들아! 여보! 살았어!"

그 가족은 기어코 살아남았다. 김남우의 희생이 있고 나서 일주일 뒤에 구조되어 살아남았다.

한 달여를 협곡의 틈에서 고립되었다가 구출된 가족의 이야기는 전국을 떠들썩하게 했다. 특히, 식인이라는 특수한 상황은 가족을 매스컴 앞으로 불러왔다.

사내는 인터뷰에서 항상 말했다.

[그 청년이 제비뽑기에 걸렸고, 스스로를 희생했습니다. 그 청년 덕분에 우리 가족은 목숨을 구할 수 있었습니다. 정말, 청년에게 미안하고 감사합니다. 평생 그 청년을 잊지 않을 것입니다.]

사람들은 김남우가 정말로 제비뽑기에 걸렸을까를 의심했다. 그러나 밝혀낼 방법이 없었다. 그들 가족 넷의 일관된 주장을 믿을 수밖에.

협곡에서의 식인

.
.
.

"…"

"…"

"…"

"…"

네 가족이, 멍한 얼굴로 거실 바닥에 주저앉아 있었다.

"내가 희생했어야 해… 제비뽑기 결과대로 내가 희생했어야
했어!"

"…"

둘째 딸이 두 손으로 얼굴을 감싸며 오열했다.

가족 중 누구도 말을 꺼내지 못했다. 그들 앞에 놓인 서류가
그들 가족을 침묵하게 만들었다.

에이즈 양성 판정.

[만약 제가 뽑히게 된다면… 마지막으로 드릴 말씀이 있습니다. 지
금은 구차해 보여서 말씀을 못 드리지만. 혹시라도 제가 뽑히게 된다
면 그때 말씀드리겠습니다.]

어린 왕자의 별

UFO에 끌려간 사람들이 어떻게 되는지는 아무도 몰랐다.

인류는 UFO에 저항하는 방법을 찾는 데만도 급급했다.

UFO의 습격은 영화에서 보던 것과 똑같았다. 갑자기 하늘에 등장한 접시형의 UFO가 지상의 사람들을 끌어 올리는 모양새.

다만 그 범위가 거의 축구장 하나에 달했는데, 끌려가는 인간의 주변에 둥그런 막이 생기면서 천장이든 뭐든 다 뚫고서 엄청난 속도로 빨아들였다. 우주선의 등장부터 납치까지 채 1분이 걸리지 않았다. 그러니 우주선이 등장한 뒤에 대처할 방법은 거의 없었다.

우연히 전투기로 공격을 성공한 적도 있었지만, 전혀 피해를 줄 수 없었다.

이 상황에서 정부가 국민을 위해 할 수 있는 말이라곤 고작 이게 전부였다.

[당분간 사람이 많이 모여 있는 공간을 피하시길 바랍니다. 그동안 피해 지역은 대부분 인구 밀집 지역이었습니다.]

사람들은 궁금했다. 인간들을 납치하는 이유가 무엇일까? 납치된 인간들은 어떻게 되었을까? 아직 살아 있을까?

.
.
.

"여, 여기가 도대체 어디야?"

동시에 깨어난 수백 명은 아연한 얼굴로 주변을 둘러보았다.
자신들을 제외하고는 아무것도 없는 곳이었다. 밤하늘에는 선명한 별이 가득했고, 사방으로 시야에 장애물 하나 걸리지 않았다. 이곳이 지구가 아닌 것은 분명했다.

자신들이 외계인에게 납치되었다는 사실을 기억한 사람들은 공포에 질렸다. 그들의 혼란은 쉽게 진정될 것 같지 않았다.
그나마 다행인 것은 외계인의 모습이 보이지 않는다는 것이었다.
한 공간에 똘똘 뭉쳐 있던 사람들은 다음 날, 해가 뜨는 것을 확인한 뒤에 주변을 정찰해보기로 했다.

  "일단 저희가 돌아올 때까지 여러분은 이곳에서 기다리시길 바랍니다."

  건장한 사내들이 주를 이룬 정찰조는 해가 뜨는 방향으로 걷기 시작했다.
  정찰조는 무엇이든 발견하고 싶었다. 아무것도 없다는 것은 그 자체로도 공포였고, 또 배가 고프기도 했다.
  하지만 황량했다. 흔한 풀잎 하나 보이지 않았다.

  "목말라죽겠네."
  "어휴! 밤에는 춥더니 낮에는 또 왜 이렇게 더워."

  환경이 환경인지라, 한 시간도 안 되어 정찰조는 너무 지쳤다. 어차피 아무것도 없다고 그만 돌아가자는 얘기가 나올 때쯤, 누군가 소리쳤다.

  "저, 저기! 저기 무언가 보인다!"

  모두의 고개가 그의 손끝이 가리키는 곳으로 돌아갔다. 희미하지만 처음으로 지평선 너머 무언가 보였고, 정찰조의 걸음이 빨라졌다.

한데 점점 가까워질수록, 그들의 미간이 찌푸려졌다.

"어?"
"어어?"

설마, 설마, 설마 하던…

"저 사람들이 왜 저기에…"
"…"

해가 뜨는 방향으로 정찰을 나갔던 정찰조가 해가 지는 방향으로 돌아왔다.
누군가 무심코 중얼거린 말이 이 상황을 정확히 설명해주었다.

"마치 어린 왕자의 별 같네…"

정말로 그랬다. 장미 없는 어린 왕자의 별에 수많은 어른이 갇힌 셈이었다.
정찰조의 보고는 사람들을 절망케 했다.

"물도 없고 먹을 것도 없고, 아무것도 없다고요?"
"그냥 여기서 굶어 죽을 수밖에 없는 거야?"

혹시나 해 다른 방향으로 흩어져 떠나보았지만, 결국엔 다시 원점으로 돌아올 뿐이었다.

그사이 더위와 갈증, 허기가 사람들을 괴롭혔다.

힘없이 원점에 모여 앉은 사람들은 앞으로의 미래를 걱정했다.

그때, 축구화를 신고 있던 짧은 머리의 청년이 신발을 벗어서 땅을 팠다.

주변에서 물어보니, 이렇게 답했다.

"그냥 너무 더워서 그늘이라도 좀 만들어보려고…"

사람들은 어리석은 일이라고 생각했다. 땅을 파서 그늘을 만든다는 게 말이나 되는 일인가?

한데,

"어어어?"

청년은 굉장한 속도로 땅을 파냈다. 축구화로 파냈다고는 믿어지지 않는 속도였다.

파고 있는 청년조차 놀랐다.

"이 딱딱한 땅이 왜 이렇게 잘 파지지? 뭐야… 촉촉하네?"

파낸 돌조각들을 맨손에 굴리던 청년은 무심코, 그걸 입에 가져다 댔다.

이곳에서 유일하게 뭔가 행동을 하고 있었기에 모두 청년을 바라보고 있었는데, 청년이 돌을 입안에 넣는 게 아닌가?

"앗!"

청년이 눈을 커다랗게 뜨며 외쳤다.

"머, 먹을 만한데?"

"뭐?"
"응?"
"어?"

그 소식은 모두를 집중시켰다. 청년은 다시 한 덩어리를 입에 넣었고, 사람들을 돌아보며 말했다.

"돌이… 돌이 먹을 만해요! 딱딱하긴 한데, 먹을 만해요! 그리고 희한하게 갈증도 해소되는 느낌이…"
"…"

배고픔과 갈증으로 몹시 힘들어하던 이들 중 몇 사람이, 미심

쩍어하면서도 땅을 파 입에 넣어보았다.

"정말이다! 먹을 만해!"
"어어? 진짜 갈증이 조금 나아진 것 같아!"
"별을 먹을 수 있다! 먹을 수 있는 별이다!"

선지자들의 보증이 이어진 뒤, 급속도로 따라 하는 사람들이 늘어났다.
우스운 풍경이었다. 사람들은 너도나도 땅을 파 주워 먹었다. 경쟁할 필요도 없었다. 어차피 이 별에 널린 게 땅이었다.
땅은 매우 단단하지만, 쉽게 파였고, 입에 들어가면 씹어 먹을 수 있을 정도로 부드러워졌다. 이 별이 무엇으로 구성되어 있는지 지구의 상식으로는 이해할 수가 없었다.

허기와 갈증이 해결되고 나니 사람들은 조금 살 것 같았다. 그동안은 영락없이 굶어 죽거나, 혹은 식인 따위를 하는 끔찍한 상상들을 속으로 해왔기 때문이었다.
적어도 당장 죽지 않는다는 생각은 사람들의 마음에 여유를 가져다주었고, 좀 더 체계적인 대화를 할 수 있게 해주었다.
사람들의 사회성이 되살아나는 순간이었다.

그리고 곧이어 사람들은, 이 별에서 아주 중요한 두 번째 발견을 하게 되었다.

어린 왕자의 별

"뭐야? 땅이 소변을 흡수하잖아?"

사람들은 땅을 먹으면서 생리 현상이 활발해졌는데, 대변과 소변을 땅에 보게 될 경우, 땅이 그것을 흡수해버린다는 사실을 발견한 것이다.

상상력이 좋은 누군가는 말했다.

"혹시, 이 별 자체가 살아 있는 외계인인 거 아니야? 우리는 지금 박테리아 같은 역할을 하고 있는 걸지도 몰라…"

흥미로운 가설이긴 했다. 만약 자신들이 당사자만 아니었다면.

대변과 소변을 흡수한 땅은 말랑말랑한 질감이 되었다가, 어느 정도 시간이 흐르면 다시 딱딱하게 말랐다. 이런 특성의 물체를 본 적이 없었던 사람들은 정말, 이것이 단순한 돌이라고 생각할 수 없었다.

하지만 찜찜하다고 그것을 먹지 않을 도리도 없었다. 배가 고프고 목이 마르면 땅을 먹어야 했고, 다시 대소변을 내줘야 했다.

그런 식으로 며칠이 지나자, 수백 명의 사람들 사이에서도 지도부 비슷한 무리가 형성되었다. 어느 곳에 떨어져도 사회를 구성하려 하는 것이 현대 인간의 본능이었다.

흔한 예상처럼 주먹이 곧 권력이 되는, 디스토피아 같은 그림은 없었다. 얼마 전까지 멀쩡히 사회생활을 하던 사람들이다. 영화처럼 단순하게 흘러가지는 않았다.

또 경찰이 없어도 서로가 알아서 도덕을 지켰다.

어떻게 그럴 수 있었을까를 생각해보면, 사방이 뻥 뚫린 환경 때문이라고 봐야 했다.

그 어느 하나 시야를 가리는 것이 없는 별이었기에, 누군가 폭력이라도 저지르려면 수백 명의 시선을 감당해야 했다.

그러니 지도부에서도 딱히 할 일이 없었다. 조사를 나갈 사람들과 밤에 경계를 설 사람들 순서를 정하는 정도?

그것마저도 시간이 흐르면서 무의미해졌다. 샅샅이 별을 뒤져도 아무것도 없었고, 외계인의 침략도 없었다.

정말 아무것도 할 게 없는 별이었다. 그냥 땅을 먹고 대소변을 봐서 다시 되돌려주는 것. 그것이 전부인 생활.

감히 심심하다는 생각마저 들 때쯤, 지도부에서 아이디어가 나왔다.

"낮에는 햇볕 때문에 덥고, 밤에는 온도가 떨어져 춥습니다. 우리, 집을 지어보는 게 어떻습니까?"

할 게 없었으니 반대할 이유도 없었다. 그리고 기가 막힌 생각도 있었다.

"이 별에는 나무도 없고 뭐도 없이 그저 이 별뿐입니다. 하지만 아시다시피, 우리의 대소변을 흡수했을 때 땅은 잠시 말랑해집니다. 그것을 시멘트처럼 사용해보는 게 어떻습니까? 다시 마르면 딱딱하게 굳어 모양이 잡힐 겁니다."

"오!"

그럴듯한 생각에 사람들은 마음이 동했다. 조금 찝찝하긴 했지만, 이미 먹기도 하는 땅이었다. 게다가 땅이 대소변을 흡수했다가 마른 뒤에는 어떤 냄새나 티도 나지 않았다.

사람들은 단순한 구조의 건물을 짓기 시작했다. 모두가 대소변을 모으고 노동력을 보탰다. 심심했기 때문인지, 열정적으로 몰두할 수 있었다.

거대한 건물이 완성되었을 때는 성취감과 뿌듯함, 여러 가지 좋은 감정들로 웃음이 돌기도 했다.

"아~ 좋다! 역시 그늘이 있으니까 확실히 다르네!"

"밤에 잘 때도 안 추워! 진작 만들었어야 했는데."

만족한 사람들은 손을 놀리고 싶지 않았다. 그들은 곧 다음 건물을 계획했다. 어차피 이곳에서는 할 일이 없었으니까.

처음에는 단체를 중심으로 만들어지던 커다란 건물들이, 시간이 지날수록 개인을 중심으로 소형화되었다.

아무것도 없는 이 별에서 유일하게 소유욕을 발휘할 만한 것을 발견했으니, 당연한 흐름이라고도 볼 수 있었다.

어차피 이 별의 땅은 다 공짜였다. 집을 짓는 것도 찰흙 공예 수준이라 그리 어렵지 않았다. 시간도 넘쳐났으니, 친하게 지내는 사람들끼리 가까운 거리에 집을 지었고, 새로 결혼을 하는 사람들도 함께 살 집을 지었다.

많은 시간이 흘렀을 때는 하나의 도시라고 불러도 될 만한 형태를 이루었다.

계획적으로 구획이 나누어지며 도로와 건물이 구별되었고, 도시를 먹어치울 순 없으니 식사거리는 멀리 나가서 구해야 했다. 그걸 귀찮아하는 사람은 없었다. 무언가 할 일이 있다는 것만으로도 좋았다.

대소변은 가장 중요한 자원이었고, 그것을 이용해 가구를 만들거나 집의 인테리어를 바꾸는 등의 일을 했다.

집이 있고, 가족이 있고, 할 일이 있고. 지구와 크게 다르지 않았다. 심심하면 만들어낸 도구로 볼링이나 장기, 바둑 같은 취미 생활도 즐길 수 있었다.

내친김에 시장도 뽑고, 구역 대표도 뽑았다. 그리고 또 어쩔 수 없이 자경단도 뽑아야만 했다.

참 희한한 일이었다. 벽이 생기고, 집이 생기고, 보이지 않는 공간이 생기자, 범죄도 생겼다.

폭력, 도둑질, 성추행, 예쁘게 지은 남의 집을 몰래 먹어버리는 일까지.

왜일까? 사방이 모두 뻥 뚫려 있던 그때는, 아무것도 가진 게 없던 원시의 그때는, 모두가 모범 시민이었는데.

아무튼, 사람들은 참 재미있게 살았다. 아무것도 없는 심심한 별에서도 별별 일들을 만들며 참 재미있게 살았다.

자신들이 이곳에 왜 끌려와야 했는지를 까맣게 잊은 사람들처럼.

.
.
.

어느 우주의 화목한 가정집.

한 아이가 책상 위에 놓인 구조물을 들여다보고 있었다.

어느새 다가온 아버지가 구경에 열중한 아이의 머리를 쓰다듬었다. 유행하는 과학 장난감을 구해준 보람이 있었다.

"어때? 많이 번식했니? 여왕은 누구니?"

"응! 이제 집 다 짓고 번식 시작하나 봐! 근데 이 종은 여왕이 따로 없나 본데?"

"그래? 여왕이 없으면 번식이 늦어지려나? 빨리 번식 안 한다고 금방 질리면 안 된다, 너? 저번처럼 쓰레기통에 버리지 말고."

444번 채널의 동굴인들

[444번 채널 봤어? 이상한 방송이 나와!]

444번 채널에 대한 소문은 순식간에 인터넷을 통해 퍼졌고, 끊임없이 화제를 불러일으켰다. 정말 미스터리한 채널이었기 때문이다.

어느 방송국에서 송출하는지도 알 수 없는 그 채널은, 아치형의 거대한 동굴 한쪽에 고정된 카메라로 동굴 안을 중계해주었다.

중요한 것은, 그 거대한 동굴에 50여 명의 사람들이 갇혀 있었단 것이다.

음성은 들리지 않아 그들의 사정을 알 순 없었지만, 그들은 하나같이 패닉 상태였고, 동굴을 탈출하고 싶어 발악했다. 그러나 동굴 벽 어디에도 탈출구는 없어 보였다. 소리가 들리진 않았지만, 그들의 절망, 울음, 분노는 고스란히 화면으로 전달이 됐다.

처음에 사람들은 이 채널의 영상이, 누군가의 연출작인 줄만 알았다.

"이거 뭐야? 이런 영화가 있었나? 사람들 연기가 장난 아닌데?"
"소리도 안 나오는 영화가 어디 있어? 드라마나 이상한 실험 다큐멘터리 아냐? 아니면, 뭔가 이상한 마케팅 같은 건가?"

한데 그저 그런 내용이었다면, 444번 채널 이야기가 이렇게 끊임없이 화제를 불러일으키진 않았을 것이다.

"뭐야… 이거 언제 끝나?"
"뭐지? 어떻게 이렇게 긴 연출이 가능해? 이게 말이나 돼?"

하루, 이틀, 사흘, 일주일, 지금까지! 444번 채널은 단 한 번의 끊김 없이 실시간으로 동굴 안을 비췄다.
게다가 더 미스터리한 것은, 이 방송이 도대체 어디서 송출이 되는지도 알 수 없고, 송출을 막는 것도 불가능하다는 점이었다.
심지어, 동굴 안 50여 명의 사람들은 자신들을 찍고 있는 카메라의 존재를 전혀 모르는 듯, 화면을 의식하지도 않았다.

　이런 미스터리함이 사람들의 시선을 끌었고, 급기야 온 세계의 사람들이 444번 채널 이야기를 했다.

　"누군가가 저들을 납치해서 가둬둔 거 아냐?"

　"마케팅이 분명해! 분명 카메라의 사각지대에서 저들을 보조하고 있을 거야!"

　"저곳이 혹시 지옥의 모습은 아닐까? 그렇지 않고서야 저 채널의 미스터리가 납득이 안 되잖아?"

　사람들은 채널에 대해 이런저런 얘기들을 하며, 갇혀 있는 그들을 동굴인이라 부르기 시작했다.

　처음 동굴인들은 혼란스러워했고, 울음과 분노만을 내비쳤다. 시간이 더 흐르자 그들은 절망과 무기력과, 배고픔에 빠졌다.

　그들의 모습은 그 어떤 영화나 리얼리티 쇼보다 더 리얼했고, 사람들이 눈을 떼지 못하게 만들었다. 사람들은 점점 영상에 빠져들었다. 일주일의 시간이 흐르자, 급기야는 그들을 걱정하기 시작했다.

　"저러다 죽는 거 아니야? 저 빨간 머리가 뭘 먹는 모습을 한 번도 본 적이 없어!"

　"다른 사람들도 마찬가지야!"

그때부터는 마케팅이나 연출이라는 이야기는 거의 사라졌다. 그 대신,

"저들을 당장 구해야 합니다! 저 방송이 도대체 어디서 송출되는지, 저들이 어디에 갇혀 있는지 알아내서 당장 구해야만 합니다!"

많은 사람들이 불쌍한 동굴인들을 구출해야 한다며 목소릴 높였다. 하지만, 그들이 어디에 갇혀 있는 건지, 방송이 어디서부터 날아오는 건지, 도저히 알아낼 수가 없었다.
그저 사람들은 444번에 채널을 고정해놓고, 구체적인 방법도 없이 말로만 걱정하며 떠들어댈 뿐이었다.

그러나 단순히 걱정하는 마음만으로 시청하는 건 아니었다. 444번 채널에서는 무척이나 흥미로운 일들도 많이 벌어졌다.

동굴인들의 인종은 각양각색이었다. 황인, 흑인, 백인… 같은 흑인이더라도 어떤 이는 밀림의 원주민 같았고, 어떤 이는 도시인 같았다.
재밌는 것은, 시간이 흐를수록 점차, 그들끼리 그룹을 형성했다는 것이다. 말이 통하는 이들끼리, 인종이 비슷한 이들끼리, 나이대에 맞춰서, 혹은 아무 이유 없이.
그룹은 대략 다섯 개로 나뉘었는데, 각 그룹이 암묵적으로 동

굴의 한쪽 땅을 차지해 잠을 자고, 쉬면서 생활을 했다.

　고작 50여 명이었지만, 그들 사이에는 싸움도, 협동도, 심지어는 사랑, 배신 같은 것들도 있었다.

　동굴인들의 리얼한 모습은 정말로 사람들의 흥미를 끌었다. 그들에게 무슨 일이 생길 때마다, 444번 채널 얘기가 인터넷 실시간 검색어를 독차지했다.

　"밀짚모자 아저씨 오줌 싼다! 대머리 아저씨랑 만세맨, 하얀 구두 아줌마가 받아 마실 차례야!"

　"지금 문신 백인이랑 콧수염 뚱보랑 싸움 났어!"

　"빨간 치마 아가씨랑 파란 조끼 청년이랑 구석에서 단둘이 붙어 있던데!"

　"와! 중국 안경남 대박! 안경알을 날카롭게 갈고 있어! 저걸 무기로 쓰려나 봐!"

　사람들은 동굴인 50여 명에게 마음대로 이름을 붙였다. 심지어 외모나 행동력을 토대로 SNS 등에 팬까지 생기는 이들도 있었다.

　동굴인은 전 세계적인 신드롬을 일으켰고, 아예 24시간 내내 444번에 채널을 고정해두는 이들도 점점 많아졌다.

　그와 동시에, 전 세계인들이 한마음 한뜻으로 그들의 구출을

염원했다.

"어서 저들을 구출해야 합니다! 전파가 송출되는 곳이 어딘지, 저들이 갇힌 곳이 어딘지 어떻게든 알아냅시다! 그리고 저들을 아는 사람들을 찾아야 합니다!"

전문가들이 나서서 그들의 위치를 예상해보는가 하면, 국가 차원의 수색이 이뤄지기도 했다.

전 세계인들은 그들을 위한 서명운동을 펼치기도 했고, 성금을 모으기도 했다.

동굴인들 개개인에 대한 제보들도 끊임없이 쏟아졌고, 어렵게 신원이 확인된 동굴인의 가족들은 연신 매스컴을 타며 격려와 성원을 받았다.

그러는 와중에, 동굴인들 중 첫 사망자가 발생하고 말았다. 어딘가가 아픈지 움직임이 적어 시체라는 이름이 붙었던 동굴인이, 진짜로 시체가 된 것이다.

"동굴인 시체가 진짜로 죽었다!"

인터넷 실시간 검색어는 온통 시체의 죽음 얘기로 가득했고, 많은 사람들이 444번 채널을 틀어 그의 죽음을 확인했다. 미동도 않는 시체가 무리에서 홀로 떨어져 방치돼 있었다.

444번 채널의 동굴인들

한데 사람들이 채널을 고정하게 만든 진짜 사건은, 그런 시체에게 다가간 추장이라 불리는 동굴인의 행위였다. 추장이, 시체의 귓불을 뜯어 먹었던 것이다.

"추장이 식인을 한다!"

그 놀라운 소식은 전 세계인들을 444번 채널 앞에 모이게 만들었다.

사람들은 TV 화면을 통해, 추장을 향해 화를 내는 동굴인들과 그 상황을 지켜보는 동굴인들의 모습을 볼 수 있었다.

추장은 화를 내는 이들을 무시하며 시체의 허벅다리 살을 베어 먹었고, 그러자 곧 누군가 추장에게 달려들어 몸싸움이 벌어졌다. 추장도 지지 않고 그와 뒹굴었는데, 추장이 그를 잡아먹을 듯 깨무는 것으로 싸움의 승패가 결정나버렸다. 추장은 다시 시체에게로 가서 식인을 했다.

곧, 다른 동양인 하나가 다가와 추장과 함께 식인을 했다. 추장은 굳이 말리지 않았고, 몇몇 배고픔에 지쳐 있던 이들도 다가와 식인을 했다.

식인을 하며 눈물을 흘리는 이도 있었고, 식인을 한 사람을 경멸하며 손가락질하는 사람도 있었고, 먹지 않으려는 그룹원에게 마치 먹어야만 살 수 있다고 악을 쓰는 것처럼 보이는 이도 있었다.

전 세계인들은 이 모든 상황을 손에 땀을 쥐고 흥미롭게 시청
했다. 정말 끔찍한 일이었지만, 눈을 뗄 수가 없었다.

동굴인들이 식인을 했다고 그들을 욕할 수만은 없었다. 아무
것도 없는 저곳에서 살아남기 위해선 어쩔 수 없는 선택인 것이
다. 사람들은 더욱 격렬하게 그들의 구출을 성토했다.

"저 불쌍한 사람들을 하루바삐 구해내야만 합니다!"
"저들에게 따뜻한 고깃국을 먹여주고 싶어요…"
"정부는 도대체 뭘 하고 있는 겁니까? 전문가들은 저들의 위
치를 도저히 못 잡아내는 겁니까?"

아무리 전 인류가 한마음으로 안타까워해도, 동굴의 위치를
찾아낼 수가 없었다.
그런 와중에도 사람들의 TV는 대부분, 444번 채널에 고정되
어 있었다.

며칠이 더 지나자, 끝내 식인을 거부한 이들 중 또 한 명의 사
망자가 나왔고, 그 역시 다른 이들에게 먹히고 말았다. 그리고
다섯 번째 사망자부터는 식인을 거부하는 이가 사라졌다.
그 대신 다른 게 생겼다. 시체를 두고 서로 분쟁이 생긴 것이다.

그러자, 처음 나누어졌던 그룹에 힘이 생겼다.

가장 머릿수가 많았던 영어권 그룹이 시체를 가장 많이 가져갔고, 그다음으로 숫자가 많은 동양권 그룹이 다음으로 시체를 많이 가져갔다.

그 과정에서 동굴인들은 악다구니를 쓰고, 세력 다툼을 하며 주먹다짐을 하기도 했다.

사람들은 도대체 444번 채널에서 눈을 뗄 수가 없었다. 하루하루 사람들의 시선을 끄는 사건들이 계속해서 발생했다.

"야! 지금 흑인 5총사 그룹에서 사망자가 나왔는데, 영어권 애들이 시체를 내놓으라고 시위하고 있어! 금방이라도 덮칠 기세야!"

"헉! 대박! 흑인 5총사, 아니 이제 4총사지! 4총사가 시체를 들고 동양권 그룹에 투항했어! 이제 동양권 애들이랑 영어권 애들이랑 숫자가 비슷해!"

"고령 그룹 애들이랑 잡탕 그룹 애들이랑 어제부터 같이 붙어 다니는데? 둘이 합치기로 했나 봐!"

"야! 섹스다! 빨간 머리랑 파란 조끼랑 지금 섹스해! 저기서도 섹스를 할 줄이야!"

"헐! 두꺼비남이 절름발이를 죽였다! 동굴인들 다 자는 사이에 몰래 죽였어! 아무도 몰라!"

"금발 미녀 때문에 지금 싸움 났어! 내가 말했지? 금발녀, 저거 완전 여왕벌이라니까?"

"대박! 동양권 애들이 나머지 애들 다 흡수했어! 이제 머릿수로 영어권은 상대도 안 돼!"

"야! 미친! 흑인 4총사가 배신했다! 영어권으로 투항했어!"

"꺄악! 안 돼! 안경 미남이 죽었어!"

"야! 전쟁이다! 영어권이랑 연합군이랑 전쟁해! 동굴인 1차 대전!"

"휴전이야! 시체들 수거해 간다! 영어권 네 명, 연합군 다섯 명!"

"휴전 깨졌어! 동굴인 2차 대전!"

"동굴인…"

사람들은 만나기만 하면 동굴인들 이야기를 했고, 동굴인들의 모든 사건 일지는 인터넷에 기록되어 돌아다녔으며, 방송국은 아예 본인들의 방송을 포기하고 동굴인들 사건들을 특보로 중계할 지경이었다.

물론, 그때도 여전히 사람들은 소리 높여 외쳤다.

"남은 이들이라도 어서 빨리 구해야 합니다! 전 인류가 힘을 합해야 할 때입니다! 우리는 저들을 구할 수 있습니다!"

그렇지만, 인류가 아무리 노력하고 노력해도, 동굴인들을 구출할 실마리조차 잡지를 못했다.

인류는 동굴인들이 저곳에서 벗어나길 원하면서도, 그 어떤 TV 프로보다도 444번 채널을 재밌어했다.

밥을 먹으면서도, 일을 하면서도, 공부를 하면서도, 하물며 잠을 잘 때조차도, 내내 444번 채널과 함께했다. 사람들은 444번 채널의 노예가 된 듯했다.

물론 영원하진 않았다. 결국, 동굴인들은 모두 죽어갈 수밖에 없었기 때문이다.

시간이 흘러 최후의 동굴인, 라스트맨이 남았을 때, 사람들은 그를 몹시 아꼈다. 전 세계인들이 마지막 남은 그를 응원하고 안타까워했다. 하지만 그의 운명 역시 별다를 게 없었다.

"라스트맨이 자살을 한다!"

"뭐? 안 돼!"

전 세계 모든 사람들의 채널이 444번에 고정됐다.

라스트맨은 안경알을 갈아서 만들었던 날붙이로 자신의 손목을 그었다. 그러고는 동굴 중앙에 대자로 뻗어 누웠다.

"안 돼…"

"동굴인이 전멸한 건가…"

온 세계의 사람들이 라스트맨의 마지막 모습을 보며 안타까워했다. 한데 그때, 그대로 죽어갈 줄만 알았던 라스트맨이 상체를 일으켜 앉았다.

공허한 눈빛으로 주변을 둘러보던 라스트맨의 고개가 정확히 카메라 쪽을 향해 고정됐다.

"?"

"?"

"?"

사람들은 경악했다. 이제껏 동굴인들이 한 번도 보여주지 않

444번 채널의 동굴인들

았던 모습이었다.

힘겹게 일어난 라스트맨은 카메라 쪽을 향해 헐떡이며 걸어왔다. 온 세상 사람들이 숨도 못 쉬고 그 모습을 바라보았다.

TV 화면에 상반신이 가득 찰 정도로 가까이 다가온 라스트맨. 그는 무표정하게 화면을 바라보았다.

"…"

라스트맨의 얼굴은 정말, 정말로 공허해 보였다. 원망도 아니었고, 억울함도 아니었고, 분노도, 슬픔도, 광기도, 아무것도 아니었다. 그저 똑바로 화면 너머를 쳐다볼 뿐이었다.

전 세계의 사람들은 눈 한 번 깜빡이지 못할 정도로 긴장한 채 라스트맨을 보았다.

곧, 지친 숨을 내쉬던 라스트맨의 손이 무언가를 쥐는 모양새로, 천천히 화면 쪽으로 다가왔다.

이어, 라스트맨의 손이 뭔가를 돌리는 듯, 딸깍!

핑!

444번 채널이 검은 화면으로 변하고, 동시에 전 세계가 정전이 됐다.

"!"

사람들은 갑작스러운 사태에 깜짝 놀랐지만, 암전 사태는 오래지 않아 다시 원래대로 돌아왔다.

444번 채널에서는 치지직거리는 화면만이 나왔고, 사람들은 멍한 얼굴로 혼란스러워했다.

"…"

방금 도대체 세계에 무슨 일이 벌어진 건지, 그게 뭘 뜻하는 건지, 사람들은 전혀 알지 못했다.

그러나 얼마의 시간이 지나고, 곧 사람들은…

"딴 데 뭐 재밌는 거 하나?"
"채널 좀 돌려봐."
"야구 시즌이었던가?"

444번 채널에서 벗어났다.

처음 몇 달간은 동굴인들을 기억했다. 그들의 시체라도 찾아야 한다는 이야기를 떠들어댔다.

그러나 1년, 2년. 사람들은 더 이상 444번 채널 이야기를 하지 않았다. 그들을 위해서 했던 서명들은 무슨 의미가 있던 건지, 그들을 위해 모았던 성금들은 어디에 쓰인 건지, 그들을 찾는다고 설립된 연구 기관들은 뭘 하고 있는 건지…

사람들은 궁금하지 않았다. 전혀, 궁금해하지 않았다.

⋮

[555번 채널 봤어? 이상한 방송이 나와!]

지옥으로 간 사이비 교주

수십 년간 사이비 교주로 살았던 남자가 죽었다.

그는 자신이 지옥에 가게 될 걸 예상했다. 지옥이 아니라면
오히려 그게 더 이상했다.

한데 그가 예상하지 못했던 게 있었으니, 지옥 관리들의 대우
였다.

"아이고, 오셨습니까! 먼 길 고생 많으셨습니다!"
"어서 오십시오! 기다리고 있었습니다요!"

악마들이 버선발로 마중하러 나왔다.
굽실거리며 자신을 환영하는 악마들의 모습에 그는 당황했지
만, 머리 회전이 빨랐기에 이렇게 물었다.

"설마… 지옥은 더 악하면 악할수록 계급이 좋은 겁니까?"

그러나 악마들은 양손을 내저었다.

"그럴 리가 있겠습니까? 지옥으로 온 인간들에게 계급 따위
는 없습니다."

"그러면…"

"보그나르교의 교주님이시니까 그렇지요! 일단, 자세한 얘기
는 가면서 들으시죠."

악마들은 보통 악인들이 통과하는 문이 아닌, 따로 마련된 길
로 남자를 안내했다. 그야말로 특별 대우.

남자는 그 뒤를 따라가면서도 이 상황을 이해할 수 없었다.
보그나르교라고 해봐야, 자신이 멋대로 짜깁기해서 만들어낸
사이비 종교일 뿐이었다.

그걸로 얼마나 많은 죄를 저질렀던가? 지옥 불에 수십 번을
갔다 와도 모자랄 정도였다. 한데 이런 특별 대우라니.

남자가 도착한 곳은 지옥과는 어울리지 않는 귀빈실이었다.
그곳의 책임자급으로 보이는 악마가 그를 맞이했는데, 그의 입
을 통해 남자의 궁금증이 해결되었다.

"저희 지옥에서 이번에 새로운 정책으로, 종교를 만들어보려

고 합니다."

"종교요?"

"예. 두석규 님이 그 방면으로는 빠삭하시니, 저희에게 도움을 주셨으면 하는 것이지요. 교주 역할을 맡아주시면 어떠하실까… 어떻습니까?"

"아!"

사정을 들은 남자의 얼굴에 웃음이 번졌다.

지옥에 떨어지고 나서 얼마나 떨었던가? 그런데 지옥에서도 지상에서처럼 교주의 권력을 쥐고 살 수 있다니! 자신은 얼마나 행운아란 말인가!

거절할 이유가 없는 제안이었다. 다만…

"근데 새로운 종교를 만들려면, 그만한 비전? 보상 같은 게 주어져야 합니다. 그게 저승에서 어떻게 가능할지 모르겠습니다."

"흠?"

"쉽게 말해서, 제가 살아생전에 만들었던 종교에서는 사후 세계를 이용했습니다. 우리 종교를 믿고 따르면 죽은 뒤에도 종교의 신전에서 아주 떵떵거리며 살게 된다고… 그런데 여기는 지옥이잖습니까? 이미 죽은 사람들에게 어떻게 해야 할지… 막말로 천국에 갈 수 있다는 말조차도 못 써먹지 않습니까?"

"아, 그거라면 걱정하지 않으셔도 됩니다. 환생이 있습니다."

"환생이요?"

지옥으로 간 사이비 교주

"예. 이 지옥에 떨어진 인간들은 영원한 고통을 겪고 있습니다. 그들에게 가장 간절한 것이라면, 바로 인간으로서의 환생이죠. 그것을 약속하시면 됩니다. 우리 종교를 믿고 따르다 보면, 언젠가 다시 현생으로 돌아갈 수 있다고. 그러면 누구든 교주님을 따르게 될 겁니다."

"아이러니하군요. 살아생전에는 저승을 그리며 종교를 믿고, 죽어서는 다시 현생을 그리며 종교를 믿는다니…"

남자는 곧바로 작업에 착수했다. 지상에서의 경험과 노하우를 살려서, 교의 계급과 규율 등등을 지어내기 시작했다.

"새로 만들 종교의 이름은 환생교로 하겠습니다. 환생교의 신을 믿으면 언젠가 고통의 끝이 온다, 지켜야 할 규율은…"

악마는 역시 기대했던 대로라며 흡족한 얼굴로 돌아갔다.

남자는 모든 편의 시설이 갖춰진 방에서 편안하게 하루를 보낼 수 있었다. 지나가는 길에 보았던 고통받는 사람들을 떠올리면, 완전히 천국이나 다름없었다.

그리고 다음 날부터 그는 그럴듯한 교주의 복장으로 차려입고 지옥을 순례했다.

유황불에 녹아내리는 사람들, 도끼에 토막 나는 사람들, 짐승들에게 뜯어 먹히는 사람들… 지옥은 정말 끔찍한 모습이었지만, 남자와는 관련이 없었다.

　그는 벌을 받기 위해 줄 서 있는 사람들 곁을 지나며 말했다.

　"환생교를 믿으십시오. 저희 환생교의 신께서 고통의 끝을 내려주실 겁니다."

　사람들의 관심은 당연했다. 어떻게 인간이 이곳에서 아무런 고통도 받지 않고 저렇게 멀쩡히 다닐 수 있을까?

　"저는 환생교 신의 말씀을 전하는 교주 두석규라 합니다. 저희 환생교의 신께서는 지옥에서 고통받는 인간들을 내버려두지 않기로 하셨습니다. 믿고 따르신다면 구원받을 수 있습니다. 언젠가 이곳을 벗어나 다시 인간으로 태어날 수 있는 겁니다."

　사람들이 더 놀란 것은 악마들의 태도였다. 그 흉악한 악마들이 사내에게 굽실거리는 게 아닌가? 그것만으로도 그 교주라는 자의 권위는 100퍼센트 인정되었다.

　순식간에 사람들이 환생교에 가입하고자 몰려들었다. 당연한 결과였다. 영원한 고통 속에 몸부림치던 사람들에게 종교는 거절할 수 없는 유혹이었다.

"무릎을 꿇고 신께 믿음을 맹세하시면 됩니다. 그러면 여러분 모두가 환생교의 신자가 되시는 겁니다."

남자가 지나는 자리마다 온통 무릎을 꿇은 사람들로 넘쳐났다. 환생교는 순식간에 지옥 곳곳으로 퍼져나갔다.

지옥에서는 단 5분 동안 환생교의 신께 기도드리는 시간을 인정해주었다. 그때가 되면 열에 아홉은 무릎을 꿇고 신께 기도를 드렸다.

남자는 설교했다.

"고통을 고통으로 받아들이지 말고, 내 죄를 씻는다 생각하십시오. 증오심을 버리고, 원망을 버리고 담담히 인정하세요. 마음의 수행이 닿는 순간, 신께서 구원을 내려주실 겁니다."

"오오! 그러겠습니다, 신이시여!"
"환생교 만세!"
"교주님 만세!"

남자는 신이나 마찬가지였다. 간혹, 남자가 악마를 꾸짖기라도 할 때면 사람들은 희열에 온몸을 떨었다.

사람들은 종교의 힘으로 지옥 생활을 좀 더 잘 버티기 시작했다. 남자는 그제야 깨달았다.

"악마들이 나를 이용한 이유가 이거였구나! 통제를 더 잘하기 위해서, 고통을 더 쉽게 주기 위해서!"

그렇다면 사내는 기꺼이 그에 응답할 준비가 되어 있었다. 얼마든지 종교의 이름으로 사람들을 순종적인 양으로 만들어줄 수 있었다.

"다 받아들이세요. 절대 반항하지 마세요. 고통을 주시는 것에 감사하시길. 욕할 시간에 기도하세요. 시련을 주시는 것에 감사하세요. 다 받아들이세요."

이미 지옥에서 환생교 교주의 말은 절대적이었다. 사람들은 악마들에게 기꺼이 협조했다. 신앙심이 깊은 사람은 아예 웃으며 벌을 받아들이기까지 했다.

남자는 그들을 비웃으며 편안함을 즐겼다. 지옥이라고 믿어지지 않을 만큼 호화로운 생활이었다.
그리고 1년 뒤. 악마들이 남자를 찾아와 부탁했다.

"이번에 저희 지배자 중 한 분께서 환생교의 신으로 등장할 예정입니다. 잘 부탁드립니다."

지옥으로 간 사이비 교주

"아이고, 물론입니다. 저만 믿어주십시오. 하하하."

남자는 자신만 믿으라며 호언장담을 하고 무대로 나섰다.

"교주님! 오오, 교주님!"
"교주님, 이쪽을 한 번 봐주십시오! 교주님!"
"아~ 교주님이시여!"

신도들은 눈물까지 흘려가며 교주를 맞이했다.
근엄하게 손을 내저은 남자는 큰 목소리로 말했다.

"기뻐하십시오! 드디어 여러분의 기도가 신께 닿았습니다. 신께서 직접 강림하십니다. 모두 신을 받드세요!"

"오오오오!"
"우아아아!"

환생교의 신도들은 열렬히 환호했다.
이윽고 새하얀 후광을 내비치며 신이라고 불릴 만한 존재가 나타났다. 남자도 사람들과 같이 경외심을 가장했다.
한데,

[너는 내 사람이 아니다.]

신은 모두가 보는 앞에서 남자를 찢어발겼다.

"아아아악!"

순식간에 너덜너덜해진 교주의 신체가 신도들의 앞으로 흩뿌려졌다.

모두가 충격으로 할 말을 잃었을 때, 신은 말했다.

[지옥에 떨어진 악인들 주제에 내 도움을 바라다니, 꿈도 크구나. 난 너희를 구원해줄 생각이 없다. 너희의 고통은 영원할 것이다.]

"…"

신은 사라졌고, 사람들은 주저앉았고, 악마들은 낄낄거렸다.

이 지옥을 버티게 해주었던 유일한 희망의 배신. 그것은 사람들이 이 지옥에서 겪은 고통 중 가장 큰 고통이었다.

스크류지의 뱀파이어 가게

오지 탐험가 마르크스는 잡지 연재를 위해서 인간의 발길이 드문 오지를 탐험하러 다녔다.

마지막으로 갔던 열대우림에서 그를 만났다. 늙은 원숭이의 목에 이를 박고 흡혈을 하는 중인 그를.

놀란 마르크스를 알아챈 그는, 기쁜 얼굴로 마르크스에게 다가왔다.

"사람을 보는 건 50년 만이야. 사람의 피 맛이 어땠었지?"

창백한 피부에 붉은 입술. 날카로운 송곳니를 가진 그의 모습은, 단박에 한 단어를 떠올리게 했다. 뱀파이어.

기겁을 한 마르크스가 뒷걸음치자, 가까이 다가온 그가 정중히 말했다.

"피를 좀 주겠나? 당신에게 해가 되지 않게 할 수 있어."

"무, 무슨, 무슨!"

"오랜만에 사람의 피 맛을 느껴보고 싶을 뿐이야. 당신에게 해가 될 일은 없어. 오히려, 도움이 될 거야."

그는 손을 뒤로 해 원숭이를 가리켰다. 그 원숭이를 본 마르크스의 입이 쩍 벌어졌다. 푸석하던 늙은 원숭이의 털이 싱싱한 윤기를 되찾더니, 곧 생명력 넘치는 모습이 되어 나무 위를 가볍게 넘나드는 것이었다.

"네가 내게 피를 주면, 나는 너에게 젊음을 주지."

마르크스는 모험적인 사람이었고, 그자는 진실을 말하는 존재였다.

그에게 피를 빨리고 3년은 젊어진 듯한 자신의 모습을 신기하게 바라보던 마르크스는, 그에게 제안했다.

"저와 함께 가지 않겠습니까?"

"어디를? 내가 가서 무엇을 하지?"

"무엇이든 할 수 있을 겁니다! 아 혹시, 이름이? 제 이름은 마르크스입니다."

"나는 잭이야."

얼마 뒤, 마르크스는 친구가 된 잭을 데리고 인간 세상으로 내려왔고, 이 놀라운 일화를 잡지에 연재했다.

마르크스의 말을 믿지 않던 사람들도, 잭을 직접 만나 같은 경험을 하고부터는 믿을 수밖에 없게 되었다.

소문이 점점 퍼져 뱀파이어 잭의 이야기로 세상이 떠들썩해지기 직전, 한 사내가 마르크스를 찾아왔다.

대재벌 스크류지였다. 자신을 소개한 스크류지는 단도직입적으로 용건을 말했다.

"뱀파이어 잭을 내게 팔게나."

"예? 잭을 팔라고요? 그게 무슨 말씀이십니까? 잭은 제 소유물이 아니고, 팔 수 있는 물건도 아닙니다!"

"왜 자네의 소유물이 아닌가? 길고양이 한 마리를 주워 길러도, 내가 그것의 주인이 되는 것이야."

"무슨 그런 말도 안 되는! 잭은 길고양이가 아닙니다!"

"그러면 인간인가? 인간도 아니지 않은가? 어차피 그것은 우리와는 다른 존재야. 인간도 아니니, 그것을 사고파는 데 무슨 문제가 있겠는가?"

"아니, 그게 무슨…"

"100억 원을 주겠네."

마르크스는 평생을 가도 만져보지 못할 금액이었다. 눈앞의 스크류지는 진짜로 100억 원을 줄 수 있는 존재였고.

결국, 마르크스는 100억 원에 친구 잭을 팔았다.

스크류지는 발 빠르게 계약을 문서로 만들었다. 인맥과 뇌물을 이용해 정부에 공식적으로 인정을 받고, 잭의 구매에 세금까지 냈다.

합법적으로 뱀파이어 잭을 구매한 것이다.

스크류지는 곧, 자신이 구매한 물품에 대해서 조사에 들어갔다.

"네가 피를 빨면 얼마나 젊어질 수 있지? 같은 사람에게 여러 번도 가능한가? 하루에 몇 번 가능한가? 횟수에 제한이 있는가?"

"내가 왜 너에게 그것을 알려주어야 하지?"

"넌 내가 돈을 주고 산, 나의 소유물이니까."

"나는 소유물이 될 수 없다. 나도 너와 같은 자유의지를 가진 인격체다."

"아니지. 너는 나와 달라. 넌 사람이 아니잖아? 넌 내가 기르는 가축이고, 제품일 뿐이야."

잭은 비협조적이었지만, 그건 스크류지에게 그리 큰 문제가 아니었다. 어차피 시간과 폭력이 해결해줄 문제였다.

그리 오랜 시간이 지나지 않아, 스크류지는 원하던 답을 얻을 수 있었다.

잭은 대상을 최대 3년까지 젊게 만들 수 있었고, 젊어진 만큼의 시간이 지나면 재흡혈도 가능했다.

또한, 매우 만족스럽게도 총 흡혈 횟수에 제한이 없는 반영구적 제품이었다.

곧바로 스크류지는 세계의 부자들을 향해 장사를 시작했다.

"젊음을 팝니다! 1년에 10억! 최대 3년까지 젊어질 수 있습니다!"

장사는 성공적이었다. 효과가 증명된 이후로는 가격을 1년에 20억으로 올려도 예약이 밀릴 정도였다.

하지만 스크류지의 욕심은 여기서 그치지 않았다.

"왜 하루에 세 명밖에 못 하는 거지?"

"인간도 하루 세 끼를 먹지 않나? 배가 불러서 흡혈할 수가 없다."

"아, 그래? 어쩌지? 하루에 네 끼, 다섯 끼를 먹는 인간들도 있는데. 능력의 문제가 아니었단 말이지? 그럼 이제부턴 하루에 열 명씩 흡혈하도록."

"불가능하다!"

"아니, 가능해야 할 거야. 안 된다면 네놈 몸에서 강제로 피를 뽑아서라도 배가 고프게 만들어줄 테니까."

잭은 억지로 흡혈을 하였지만, 하루에 열 명은 불가능했다.

그러자 스크류지는 잭의 피를 뽑아냈고, 그것은 잭에게 너무나 큰 고통이었다.

결국, 잭이 먼저 제안했다.

"나 혼자서 열 번은 도저히 불가능하다. 혼자서는 안 된다."

"혼자선?"

"하루에 하나, 인간을 나와 같게 만들 수 있다."

스크류지는 하마터면 오르가슴을 느낄 뻔했다. 평생 들어본 말 중에 가장 기쁜 말이었다.

그 말을 듣는 순간, 스크류지의 머릿속에 그림이 펼쳐졌다.

전 세계 곳곳에 퍼지는 체인점, '스크류지의 뱀파이어 가게'의 모습이!

잭은 더 이상 흡혈을 하지 않아도 되었다. 그 대신, 하루에 한 명씩 스크류지가 제공하는 인간을 뱀파이어로 만들었다.

뱀파이어로 변한 인간은 모든 기억을 잃었고, 그런 뱀파이어를 가축처럼 다루는 것은 스크류지에게 너무나도 손쉬운 일이었다.

새로이 만들어진 뱀파이어들은 잭에게 하루 동안 능력 사용법을 교육받은 뒤, 각지에 배치되었다.

뱀파이어 제품들이 늘어날수록 전 세계에 스크류지의 체인점들도 늘어나기 시작했고, 10년이 넘었을 땐 전 세계 어디에서든 '스크류지의 뱀파이어 가게'를 찾아볼 수 있게 되었다.

초창기와 달리 흡혈의 가격 역시 낮아져, 사람들은 마치 성형수술을 하는 것처럼 흡혈을 받고는 했다.

당연히 스크류지는 전 세계 최고의 부자가 되었다.

물론 그동안 딴지를 거는 사람들도 있었다. 하지만 그때마다 스크류지는 말했다.

"자꾸 내 제품들을 가지고 왈가왈부하지 마시오! 겉모습이 인간과 닮아 있을 뿐, 그것들은 모두 뱀파이어요! 우리 인간들과는 다르단 말이오! 당신들은 소, 돼지를 불쌍히 여기오?"

그들은 인류 최고의 재력을 지닌 스크류지를 거역할 힘이 없었다. 사실, 영원한 젊음에 취한 대다수 인류에게는 그럴 마음조차 없었다.

스크류지의 뱀파이어 가게는 나날이 번창했고, 10년이 더 흘렀을 땐 전 세계인이 스크류지의 뱀파이어 가게를 애용하고 있었다.

그때, 최초의 뱀파이어 잭이 스크류지에게 말했다.

"이젠, 인간이 소수다."
"응? 갑자기 무슨 말이야? 어서 뱀파이어나 만들어!"

스크류지가 돌아본 순간, 잭의 눈이 붉게 빛나기 시작했다.

처음 보는 모습에 화들짝 놀란 스크류지는 재빨리 무장 경비들을 돌아보며 소리쳤다.

"어, 어서 저걸 제압해!"

하지만 곧, 스크류지의 눈이 부릅떠졌다.

경비의 눈이 잭처럼 붉게 물들더니, 송곳니가 길어지고, 피부가 창백해지며, 뱀파이어로 변해버리는 것이었다.

그들은 곧 스크류지를 덮쳐 제압했다.

"컥! 무, 무슨 짓이냐! 이, 이게 무슨!"

뱀파이어 잭은 스크류지를 내려다보며 말했다.

"한 번이라도 흡혈을 당한 모든 인간은 우리가 될 수 있다. 그리고 지금 이 시간부로, 지구에는 인간이 소수다."

스크류지의 몸이 부들부들 떨렸다.

"뭐, 뭐라고?"

스크류지의 뱀파이어 가게는 장사가 너무 잘됐다. 너무나 잘

스크류지의 뱀파이어 가게

되어, 사용한 사람이 사용하지 않은 사람보다 더 많아질 만큼.

⋮

50년 뒤. 한 부녀가 손을 잡고 길을 걷고 있었다.

"아빠! 맛있는 거 먹고 싶어요!"
"그래? 알았다."

길을 걷던 부녀는 옆의 가게로 들어갔다.
전 세계 어디에나 체인점이 있는, '잭의 인간 가게' 안으로.

지구 최고의 부자인 잭은 항상 말했다.

"자꾸 내 제품들을 가지고 왈가왈부하지 마라! 겉모습이 우리
와 닮아 있을 뿐, 그것들은 모두 인간이다! 우리와는 다르단 말
이다! 당신들은 소, 돼지를 불쌍히 여기는가?"

피노키오의 꿈

말하는 목각 인형, 피노키오가 나타났다는 소문이 돌았다.

인증과 제보가 잇따르자, 흥미를 느낀 한 방송국에서 취재에 나섰다.

소문의 진원지는 산속에서 자연인처럼 홀로 사는 한 노인의 집이었는데, 그곳에 도착한 취재진은 경악했다.

"안녕하세요? 오늘은 손님이 많네요!"

혼자서 움직이고 말하는 목각 인형, 피노키오가 정말로 존재했다.

방송국은 당장 검증에 들어갔다. 노인의 복화술도 아니었고, 어떤 기계적 장치도 아니었다.

진짜 나무 인형에 생명이 깃든 피노키오였다.

다만,

"저, 저기! 거짓말 한 번만 해볼래?"

"또 이러시네! 전 피노키오가 아니라니까요? 거짓말을 한다고 코가 길어진다는 게, 그게 현실적으로 말이 돼요?"

"아. 그, 그래? 미안."

목각 인형의 이름은 철수였다. 노인이 지어준 이름이었다.

그래도, 방송 타이틀은 피노키오로 나갔다. 파급력을 생각하면 당연한 결정이었다.

방송이 나가자마자, 산속 노인의 피노키오는 세계적으로 유명해졌다.

실존하는 기적이라 불리며 세상 사람들의 모든 관심이 집중되었다.

노인은 어쩔 수 없이 산에서 내려올 수밖에 없었다.

곧바로 전 세계 생방송 무대가 꾸며지고, 피노키오의 신비한 모습을 전 인류가 볼 수 있게 되었다.

그 무대에서, 노인에게 질문들이 쏟아졌다.

"어떻게? 도대체 어떻게 된 일입니까?"

노인은 고개를 절레절레 저었다.

"저도 잘 모르겠습니다. 그냥 어느 날 일어나 보니 이미 그렇게 되어 있었습니다."

"아, 어느 날 갑자기요?"

"예. 저는 그냥, 신께서 외로운 제게 선물을 주신 거라고 생각하고 있습니다."

"아, 신께서…"

노인의 대답에 실망한 사람들은 미간을 찌푸렸지만, 사실 그런 대답이 아니면 설명이 되지 않았다.

사회자가 이끌어낸 좀 더 자세한 사정은 이랬다.

10년 전 사고로 가족을 잃고 속세를 등진 노인이, 외로움에 나무를 깎아 목각 인형을 만들어 말벗으로 삼았다. 그런데 어느 날 일어나 보니 목각 인형에 생명이 깃들어 있었다. 노인은 자신의 독실한 신앙심에, 신께서 선물을 주신 것으로 생각하고 살았다.

납득할 순 없었지만, 노인의 말이 거짓말 같지는 않았다.

결국, 사회자는 피노키오에게 물었다.

"저기, 너는 어떻게 생겨난 거니?"

피노키오의 꿈

의자에 앉아 있던 피노키오는 어린 소년처럼, 나무 팔다리를 흔들며 장난기 어린 말투로 대답했다.

"어디서부터 말씀드려요? 나무였던 시절부터요?"

"음… 처음부터 뭐든지 기억나는 대로 부탁할게."

"한 9년 전이었나? 할아버지께서 정성을 다해 저를 조각하셨어요. 아마 조각은 처음이셨을 거예요! 그러니까 이렇게 못생겼지!"

"아, 그래? 내가 보기엔 귀여운데?"

"에이, 거짓말. 헤헤. 아무튼, 할아버지는 항상 저를 애지중지 아끼셨어요. 혼자서 말도 안 되는 대화도 많이 하셨고요. 하하."

"그래그래."

"그러다 한 5년쯤 전? 새벽이었어요. 할아버지의 소원을 들어주러 신이 찾아왔어요!"

"신?"

"예! 할아버지는 주무시느라 기억 못 하시지만, 분명 그건 신이었어요! 신은 할아버지의 소원을 들어주었고, 그때부터 저는 움직일 수 있게 되었죠! 더는 할아버지 혼자서 대화할 필요도 없어졌고 말이에요! 하하."

"으음…"

결국, 결론은 신이었다.

이 방송으로 인해 인류는 신의 존재를 믿게 되었다. 그게 아니고서는 피노키오의 존재를 설명할 수 없었기 때문이다.

물론, 수많은 과학자와 연구진이 피노키오에게 달라붙었다. 하지만,

"아얏! 그렇게 아프게 만지지 마세요! 저 아픈 건 싫어요! 그리고 나무가 불에 얼마나 약한지 아시죠? 조심해요!"

"아, 미안하다. 살살할게."

실제 아이처럼 행동하는 피노키오를 정밀하게 해부한다거나, 가혹하게 실험해볼 수는 없었다.

이미 방송을 통해 어마어마한 팬덤이 형성되어 있었기에 더욱 그랬다.

끝내 과학은 피노키오의 정체를 증명해내지 못했고, 피노키오는 사랑스러운 신의 기적으로 남겨졌다.

이후 피노키오와 노인에게는 정말로 많은 일이 생겼다.

수많은 방송에 출연하고, 전 세계를 순방하면서 어마어마한 팬덤을 형성했다.

국가는 서둘러 피노키오에게 국적을 부여하고 철저하게 보호했다. 또한 인형을 비롯한 관련 상품과 관광산업, 재단 설립, 자선 행사, 영화 출연 등 모든 것을 국가 차원에서 관리하고 지원했다.

당연한 일이었다. 피노키오는 현재 세계에서 가장 영향력 있

는 존재였으니까.

그리고 노인이 믿는 종교가 전 세계적으로 크게 부흥했다. 피노키오의 존재 자체가 신의 증명이었기 때문이다.

그와 동시에 또 한 가지 현상이 벌어졌는데, 바로 제2의 피노키오를 꿈꾸는 사람들의 등장이었다.

그들은 저마다 나무를 깎아 목각 인형을 만들었고, 간절하게 기적을 바랐다.

누군가는 외로워서, 누군가는 유명해지고 싶어서, 누군가는 신에 대한 믿음으로… 사람들은 제2의 피노키오를 꿈꾸며 나무를 조각했다.

하지만 누구도 성공하지 못했다.

그래서 피노키오는 소중했고, 누구든 피노키오의 영향력을 이용하고 싶어 했다.

대표적으로, 국가와 종교의 힘겨루기가 있었다.

종교는 신을 핑계로 피노키오를 교단의 관리하에 두기를 원했고, 국가는 국적을 핑계로 회피해왔다.

한데 시간이 지날수록 종교의 영향력이 강해졌고, 국적을 부여하는 것만으로는 부족하다 느낀 국가는, 노인에게 피노키오를 자식으로 입양할 것을 권했다.

노인은 마다치 않았고, 피노키오는 정식으로 노인의 호적에 올랐다. 그 덕분에 피노키오는 학교까지 입학하게 되었다.

국가의 전략은 정확히 적중했다.

전 세계의 팬들은, 피노키오가 평범한 아이처럼 행복해지길 바랐지, 종교적인 상징으로 교단에 남겨지기를 바라진 않았던 것이다.

결국, 교단은 국가와의 힘겨루기를 포기했다. 그 대신, 피노키오에게 공식적으로 신의 사자 자격을 부여하겠다며, 교단에 한 번 방문해줄 것을 요청했다.

그것까지는 국가가 막지 않았다.

모든 이들이 주목하는 가운데, 피노키오가 교단을 방문했다.

이는 종교인들은 물론, 전 세계인에게 하나의 축제와도 같은 일이었다.

전 세계에 실시간 생방송으로 화면이 송출되는 가운데 수여식이 진행됐다.

한데 그때, 놀라운 일이 벌어졌다.

[너희들의 믿음이 하늘에 닿았구나.]

하늘 위에, 진짜 신이 등장한 것이다.

"우와앗!"

　　　　　　　　　　　　피노키오의 꿈

“오오오!”

진짜 신의 등장에, 너 나 할 것 없이 모든 사람들이 놀라고, 또 감격했다.

피노키오는 신을 가리키며 발랄하게 말했다.

“우아! 그때 그 신이다! 모두 내 말이 맞죠? 그렇죠? 헤헷.”

신은 인자한 미소를 지으며 피노키오를 향해 말했다.

[무엇이든 네 소원을 한 가지 들어주겠다.]

“우아! 정말요? 무엇이든지요? 만세!”

“오오오!”
“와아아!”

전 세계의 사람들은 신의 말에 환호했다.

피노키오의 꿈이 무엇인지는 뻔한 것이었다.

눈치 빠른 카메라는 피노키오와 노인의 모습을 번갈아 비췄는데, 노인은 어느새 감격해 눈물을 흘리고 있었다.

전 세계의 사람들도 드디어 피노키오가 꿈을 이루는 날이 왔다며 감동했고, 노인처럼 벌써 눈물을 흘리는 이들도 있었다.

기뻐서 펄쩍펄쩍 뛰던 피노키오는, 세상에서 가장 행복한 얼굴로, 신을 향해 소원을 빌었다.

"저는, 건강한 소나무가 되고 싶어요!"
"…"

피노키오는 나무였다. 다시 예전처럼 건강한 나무가 되고 싶은 게 당연했다.

행복한 피노키오는 다시, 소나무가 되었다.

이 사건으로 충격에 빠진 인류는, 피노키오를 위해 한마음으로 자연보호를 약속했다.

나무들은 쑥쑥 자랐다. 마치 인간의 거짓말을 알고 있는 것처럼.

_김민섭

재미있는 작가의 탄생

김동식 작가의 글을 처음 읽은 건 2016년 어느 봄날이었다. 온라인 커뮤니티 '오늘의 유머'의 공포게시판에서 '복날은간다'(이하 복날)라는, 무언가 장난스럽기도 하고 (죄송하지만) 조잡한 필명을 가진 이용자가 올린 글을 읽었다. 아마도 그의 첫 작품인 〈푸르스마, 푸르스마나스〉였을 것이다. 그의 글은 묘한 매력을 가지고 있었다. 나는 '재미있는 글을 읽었다'고 생각하고, 곧 그를 잊었다. 그리고 며칠이 지나, 같은 게시판에서 이전보다 더욱 재미있는 글을 읽었고, 필명을 보니 '복날'이었다.

누구든 타인의 감탄을 자아낼 만한 글 한두 편쯤은 쓸 수 있다. 기발한 서사는 운으로든 실력으로든, 아니면 실수로든 적당한 우연과 필연이 섞여 어느 순간 탄생하기도 한다. 그러나 그러한 글이 열 편이 되고 스무 편이 된다면, 그에 더해 글이 더욱 좋아진다면, 거기서부터는 이야기가 달라지는 것이다. 김동식 작가는 계속해서 글을 썼다. 보통 2~3일에 단편 하나를 완성했고, 어느 날은 아침에 한 편, 저녁에 한 편을 올리기도 했다. 그의 열다섯 번째쯤 되는 단편 〈회색 인간〉을 읽으면서 나는 '재미있는 (글이 아니라) 작가가 탄생했구나' 하고 깨달았다.

　나뿐 아니라, 오늘의 유머 커뮤니티의 여러 이용자들이 김동식 작가의 글에 매료되었다. 그의 글은 마치 '베오베 보증수표'와도 같았다. 오늘의 유머에서는 추천 수 100개를 받으면 일반 게시판에서 베스트오브베스트, 일명 베오베 게시판으로 글이 이동된다. 커뮤니티의 이용자 누구나가 원하지만 무척 어려운 일이다. 그러나 김동식 작가의 글은 등록한 지 불과 몇 시간 만에 대개가 베오베 게시판으로 간다. 그의 글을 보면 누구든 추천 버튼을 누르지 않을 수 없다. 그의 글은 그러한 매력을 가지고 있다. 어느덧 그는 커뮤니티의 '네임드' 작가가 되었고, 모든 이용자들이 사랑하는, 그런 존재가 되었다. 그가 그렇게 쓴 글이 50편이 되고 100편을 넘어갔다. 그가 어디까지 갈 수 있을까, 나는 언젠가부터 그에게 순수한 경외를 보내기 시작했다.

　2016년 5월 13일에 첫 작품을 올린 김동식 작가는, 1년 6개월 동안 300여 편이 넘는 단편을 완성했다. 글 한 편의 길이를 원고지 30매로만 잡아도 어림잡아 원고지 1만 매 정도의 분량이다. 조정래 작가의 대하소설 『태백산맥』(전 10권)이 원고지 1만 6,500매로 알려져 있다. (조정래 작가는 1983년부터 1989년까지 6년에 걸쳐 『태백산맥』을 연재했다.) 물론 두 작품과 두 작가를 단순 비교하기는 어렵다. 다만, 김동식 작가의 작업량이 물리적으로 이해할 수 없는 수준이었다는 것을 짚어두고 싶다. 몇 사람이 돌아가면서 쓰는 건 아닐까, 혹시 어디에서 번역하거나 베껴오는 건 아닐까, 하는 의심까지 들었다. 그러나 그의 글에는 그런 의심을 불식시키는 힘이 있었다. 무엇보다도 '이건 지금까지 없던 글인데' 하고 자연스럽게 감각하게 되는 것이었다. 그가 선택하는 단어도, 즐겨 사용하는 문장의 구조도, 도무지 기존의 익숙함과는 거리가 멀었다. 아니, 어쩌면 무척이나 이질적이라고 할까. 그는 겸손하면서도 거침이 없었고, 공들여 서술해야 할 부분을 문장 하나로 종결짓고는 주목하지 않았던 지점으로 독자들을 이끌었다. 그리고 마지막에는 언제나 예상하지 못한 반전이 기다리고 있었다. 사실 SF나 스릴러 등의 장르물을 읽는다는 건, 작가가 마련해둔 서사의 종결을 두근거리는 마음으로 기다리는 일이기도 하다. 자신의 예상에서 한 발 더 나아가주기를 바라며 남은 페이지가 줄어드는 만큼 설레는 것이다. 김동식 작가는 그때마다, 예상한 데서 한 발이 아니라 두 발씩 앞질러 가곤 했다. 그는 그런 글을 300편을 넘게 써냈다.

그동안 없던 작가

2017년 가을에, 인터뷰를 핑계 삼아 그를 만났다. 나는 그때 모 출판 전문 잡지에 「김민섭이 만난 젊은 작가들」이라는 글을 연재하고 있었다. 내가 좋아하는 글을 쓰는 20~30대 작가들을 만나서 이것저것 이야기를 나누고 그걸 정리하는 일이었다. 김동식 작가와의 첫 대면은 그가 거주하고 있다는 건대입구역 인근에서 이루어졌다. 첫 만남부터 나는, 그의 순수한 모습에 놀랐다. 자주 가는 커피숍이 있으면 가자고 하자, 그는 그런 장소가 익숙지 않다고 답했다. 그러니까, 커피숍에서 커피를 마시거나, 노트북을 가지고 나와 글을 쓰거나, 한 경험이 거의 없다는 것이었다.

나는 그에게 하고픈 질문이 무척 많았다. 그래서 문득, "혹시 글을 정식으로 배우신 건가요?" 하고 물었다. 다소 무례할 수 있는 질문이었다. 듣기에 따라 은사님이 누구입니까, 어느 대학을 나왔습니까, 국문학이나 문예창작학을 전공했습니까, 등단을 준비해본 일이 있나요, 롤모델 작가가 있습니까 등등, 여러 함의로 읽힐 것이었다. 김동식 작가는 한 시간 조금 넘게 진행된 인터뷰 내내 무척 진솔하게 답해주었는데, 그 질문에 대해서도 그랬다. 그는 "아, 저는… 글을 배워본 적이 없어요. 대학도 나오지 않았고, 고등학교를 졸업하고 공장에서 일한 지 10년이 조금 넘었습니다" 하고 답했다. 나는 나도 모르게 "네?" 하고 반문했다. 역시나 무례할 수 있는, 아니 무례한 반응이었다. 김동식 작가는 계속 말을 이어갔다. "평생 읽은 책이 열 권이 안 되고… 그것도 교과서에 나오는 것들일 거예요. 글을 쓰고 싶은데 배운 적이 없으니까 네이버에 들어가서 '글 쓰는 법'을 검색했어요. 보니까 기승전결이라는 것이 있어야 하고, 접속사를 많이 쓰면 안 되고, 간단명료하게 써야 하고, 그런 내용들이 있더라고요. 그래서 배운 대로 써서 글을 올리기 시작했어요."

그의 말을 듣는 나는 우선 어떤 표정을 지어야 할지 잘 몰랐다. 놀라움과 당황스러움 때문이었다. (내 표정이 어땠는지, 아마 김동식 작가만이 알고 있을 것이다.) 그러면서 나는 그의 글이 '이전에 없던 글'로 우리에게 다가오는 이유를 어렴풋이 짐작했다. 김동식 작가는 글쓰기를 배운 적이 없다. 국문학이나 문예창작학을 전공하기는커녕 대학에도 진학하지 않았다. 그것은 어쩌면, 오염되지 않은 자신의 세계를 거침없이, 그리고 온전히 드러낼 수 있다는 말도 된다. 물론 이런 논리는 모두에게 적용되지 않을 것이고 그래서도 안 된다. 기존의 법칙을 무시하고 나타난 새로운 시대의 작가, 어쩌면 '천재'라고 불러도 좋을 만한 한 사람이, 수줍게, 내 앞에 앉아 있었다.

그러고 보니 김동식 작가의 초기 글에는 오타라고 보기에는 민망한 맞춤법 오류가 많았다. 그 서사에 감탄하다가도 '어?' 싶은 순간들이 종종 있었다. 독자들 역시 댓글로 "작가님, 이 맞춤법은 틀린 것 같은데요?" 하고 지적하는 일이 많았다. 그러면 김동식 작가는 실수나 착각이었다고 말하는 대신, 자신이 잘 몰랐으며 다음부터는 틀리지 않겠다고 댓글을 달았다. 내 기억이 맞는다면, 그는 같은 맞춤법을 두 번 이상 틀린 일이 없다. 시간이 갈수록 그의 맞춤법을 지적하는 댓글들이 줄어들었고 지금은 거의 찾아볼 수 없게 되었다. 그는 인터뷰에서 "오타가 많죠, 맞춤법 검사기에 제 글을 한 번 다 맞춰보고 게시판에 올려요. 그래도 틀린 데가 있어서 창피해요" 하고 말했다. 맞춤법 검사기를 사용하는 작가라니, 내가 그를 어떤 표정으로 바라보고 있었을지가 몹시 궁금하다. 그에 대한 '경외'가 더욱 생기는 참이었으니까, 아마도 조금 벌어진 입을 하고는 평소와는 다른 표정으로 (나의 바람이지만 다정하게) 웃고 있지 않았을까, 싶다.

독자가 만들어낸 작가

김동식 작가는 사실 '(특정 커뮤니티의) 독자가 만들어낸 작가'라고 할 만하다. 어느 작가가 그렇지 않겠느냐만, 그의 경우에는 독자들이 미친 영향이 대단히 크다. 그가 단행본 출간 소식을 간략히 전하자 그 글에는 "정말 많이 기다렸어요, 꼭 구매하고 선물도 하겠습니다"라는 댓글이 많이 달렸다. 김동식 작가의 글을 사랑해온 오늘의 유머 이용자들에게는 '그는 우리 커뮤니티가 만들어낸 작가'라는 자부심이 분명히 있다. 오늘의 유머에서 '복날'은 소중한 작가다. 그의 첫 작품을 비롯해 모든 작품이 그 공포게시판에 등록되었다. 내가 알기로는 네이버 웹소설 게시판에 일부 작품을 올린 것을 제외하고는 중복 게시물조차 없다. 커뮤니티의 이용자들은 그와 그의 글이 성장하는 모습을 1년이 넘는 시간 동안 자연스럽게 지켜보았다. 더 정확하게 표현하자면, 지켜보았다기보다는 그 성장에 참여했다. 추천과 댓글, 이두 가지는 김동식 작가가 계속 글을 쓰는 데 가장 큰 동력이 되어주었다. 인터뷰에서 김동식 작가는 '댓글'이 좋아서 계속 글을 썼다고 했다. 다음 글을 쓰면 거기에 달린 댓글을 볼 수 있을 테니 빨리 써야겠다, 하는 마음이었다는 것이다. 스스로를 '댓글 중독자'라고 표현하기도 했다. 이처럼 순수하고 사랑스러운 창작 동기를 들어보기는 처음이었다.

댓글의 유형은 응원과 소감이 주를 이루지만, 작품에 대한 제안도 꽤 많다. 오타를(맞춤법을) 지적하는 것부터 등장인물의 심리 묘사, 서사 전반에 대한 개연성을 문제 삼는 데까지 이어진다. 흥미로운 것은, 김동식 작가가 그에 대응하는 방식이다. 그는 단 한 번도 "그건 아닌 것 같아요" 하고 답한 일이 없다. 언제나 "아, 그게 더욱 좋겠네요"라거나 "제가 그 부분을 항상 지적받아서 신경 쓰고 있는데 아직도 잘 안 되네요, 죄송합니다"라고 답한다. 커뮤니티 안에서 가장 사랑받는 작가 중 하나이고 그에 취해 자신의 정의를 내세울 만도 한데, 그는 그런 겸손한 자세를 계속 유지하고 있다. 인터뷰 중에도 "개연성이 부족하다는 댓글이 많아요. 제가 반성해야죠" 하고 말했다. 그래서 나는 그에게 "많은 작가들이 독자들의 비판이나 조언을 보고 '나보다 글도 못 쓰면서…' 하고 생각하는데, 작가님은 감사히 수용한다는 점에서 정말 대단하세요" 하고 말했는데, 이어지는 그의 간결한 대답은 역시 그다운 것이었다. 그는 "에이, 세상에 그런 작가가 어디 있어요. 말도 안 돼요" 하고는 웃었다.

김동식 작가의 겸손함은 작품에 대한 '독자의 참견'을 계속 만들어낸다. 기분이 나쁠 법도 하지만, 그는 그마저도 감사하다면서 "글에 대한 조언을 해주시는 분들의 댓글에 반대가 쌓이면 너무 죄송하더라고요."라고 했다. 실제로 작가보다도 그의 독자들이 "그건 작가님께 실례가 되는 말인데요" 하고 반응했다. 김동식 작가의 미덕은 이러한 '겸손함'에도 있다. 이것은 단순히 자신을 낮추는 자세나 타인의 눈치를 보는 태도로만 이어지지 않는다. 그의 글은 그 댓글을 충실히 반영해 늘 조금씩 변화한다. 초기작과 지금의 작품을 비교해보면 분명히 다르다. 그 역시 자신의 성장과 변화가 어디에서 왔는지를 정확히 알고 있다. "이제는 댓글에서 배우고 있다"고 자신의 글쓰기가 독자로 인해 영향받고 있음을 분명히 했다. 그를 지켜본 커뮤니티의 독자들 역시, 그의 변화가 무수한 독자들과의 느슨하지만 직접적인 소통에서 추동되었음을 알고 있기에 김동식 작가에게 각별한 애정을 보내는 것이다.

노동하는 작가

김동식 작가가 건대입구역 인근, 그러니까 성수동에 자리 잡은 지는 10년이 다 되었다고 한다. 성수동은 최근 젠트리피케이션의 표상처럼 되었지만 원래는 공단 지역이었다. 카페 거리보다는 공장의 굴뚝을 더 많은 사람들이 기억하고 있다. 김동식 작가는 고등학교를 졸업하고 상경해 성수동의 아연 주물 공장에 취직했다. 거기에서 어떤 일을 했느냐고 물으니 그는 "계속 돌아가는 이런 판이 있고 가운데에 이만한 홈이 있어요" 하고, 손으로 테이블 위에 판과 홈을 그려가며 자신의 이야기를 시작했다. 나는 그가 뜨거운 아연이 담긴 큰 국자를 들고 내 앞에 서 있는 상상을 했다. 그는 작가이면서 동시에 살아 있는 '노동자'였다.

노동을 시작한 지는 10년, 글을 쓴 지는 1년 반, 김동식 작가는 300편이 넘는 작품의 소재가 노동하는 동안 자연스럽게 떠올랐다고 한다. 그는 아연 주물 공장에서 액세서리를, 지퍼나 단추 같은 것들을 만들어냈다. 숙련노동자여서 할 수 있는 일인지 물으니 그는 웃으면서 별다른 기술이 필요 없는 일이라고 답했다. 그래도 아연의 온도가 500도 넘게 올라가니까 처음에는 손을 많이 떨었다고도 덧붙였다. 그는 10년 동안 뜨거운 아연 앞에서 새벽부터 저녁 늦은 시간까지 일했다. 무척 고독한 시간이었을 것이다. 기계적으로 아연을 부으면서 그는, 계속해서 '이야기'를 만들어냈다고 한다. 아마도 그의 외로움, 예민함, 지루함 등 여러 복합적인 감정들이, 공장 바깥을 부유하고자 했던 또 다른 그의 자아가, 무엇보다도 노동하는 한 인간으로서의 감각이, 그 뜨거운 아연과 함께 녹고 굳으면서 300개의 이야기가 되었을 것이다. 김동식 작가는 자신의 노트북 바탕 화면에 100여 개의 완성되지 않은 이야기들이 있다고 했다. 그것은 그대로 그 10년의 세월이 빚어낸, 아주 깊은 곳에서 끌어 올린, 이전에 없던 '진짜 이야기'들이다.

그가 가진 노동에 대한 감각은 글의 곳곳에서 빛나지만, 「부품을 구하는 요괴」에 이르러서는 더욱 그렇다. 그 대략의 줄거리는 다음과 같다. 갑자기 인류 앞에 나타난 요괴는 기계에 부품으로 쓸 인간이 필요하다며 조건에 맞는 한 사람을 납치해 간다. 전 인류는 그를 보며 어쩜 그리도 재수 없을까, 애석하게 여긴

다. 그런데 저녁이 되자, 영영 돌아오지 못할 줄 알았던 그가 돌아온다. 그러고는 "…퇴근이랍니다" 하고 말하며, 일당으로 받은 금을 내어 보인다. 그 순간부터 그는 연민이 아니라 부러움의 대상이 되고, 인류는 요괴의 부품이 되기 위해 몰려든다. 특히 부품이 된 인간은 일하는 동안 '어머니의 양수에 있는 것처럼 편안'한 것은 물론, 주말에는 출근하지 않아도 되었다. 결국 요괴의 부품이 되는 것이, 오히려 지구에서의 노동보다도 나았던 것이다. 노동의 조건 앞에서 누가 인간이고 누가 요괴인가, 하는 물음표가 모두에게 남는다. 김동식 작가는 아연의 불꽃 앞에서 그러한 이야기들을 주물해냈다. 어쩌면 그가 만들어낸 지퍼와 단추가, 지금 이 책을 읽는 당신의 옷 어딘가에 붙어 있는지도 모른다. 10년의 세월 동안 그의 손을 거쳐 간 액세서리의 개수가 원고지 1만 매의 분량보다도 더욱 많을 것이다. 거기에서 우리 시대의 새로운 작가가, 새로운 이야기가, 뜨겁게 탄생했다.

김동식 소설집을 추천하며

나는 단행본을 기획하거나 출판편집 노동을 해본 일이 없다. 그런 내가 김동식 작가를 출판사에 추천하고 기획에까지 참여하게 된 것은, 무척 민망하고 죄송한 일이다. 내 앞가림을 하기에도 급급하다. 그러나 나는 그와 그의 글을 사랑하는 독자로서, 그의 소설집이 출간되는 것을 계속 상상해왔다. 김동식 작가를 세상에 소개하는 것이 나에게는 큰 영광이다. 어쩌면 독자로서 어느 한 작가에게 관여할 수 있는 가장 큰 범위까지 도달한 것 같다.

김동식 작가의 글을 책으로 소장하고 싶다는 마음으로, 소설집 출판을 위해 함께 달려왔다. 이 책은 언제 어디서든 내 책꽂이의 가장 잘 보이는 자리에 있을 것이다. 그리고 조금 다른 세상을 상상하고 싶을 때마다, 특히 나에게 이야기가 필요할 때마다, 아껴둔 무엇을 꺼내 먹듯 조금씩 꺼내서 읽을 것이다.

회색 인간

2017년 12월 27일 1판 1쇄 발행
2024년 9월 28일 1판 121쇄 발행

지은이　김동식
펴낸이　한기호
편 집　김민섭, 오효영, 문아람
경영지원　국순근
펴낸곳　요다
　　　　　출판등록 2017년 9월 5일 제2017-000238호
　　　　　주소 121-839 서울시 마포구 서교동 484-1 삼성빌딩 A동 2층
　　　　　전화 02-336-5675 팩스 02-337-5347
　　　　　이메일 kpm@kpm21.co.kr

ISBN 979-11-962226-2-8　04810
　　　979-11-962226-1-1　04810 (세트)

· 요다는 한국출판마케팅연구소의 임프린트입니다.
· 책값은 뒤표지에 있습니다.